听说爱情会回来

张静安 著

江苏凤凰文艺出版社
JIANGSU PHOENIX LITERATURE AND ART PUBLISHING, LTD

图书在版编目（CIP）数据

听说爱情会回来 / 张静安著. — 南京：江苏凤凰文艺出版社，2018.8

ISBN 978-7-5594-2274-3

Ⅰ. ①听… Ⅱ. ①张… Ⅲ. ①长篇小说—中国—当代 Ⅳ. ①I247.5

中国版本图书馆CIP数据核字（2018）第120406号

书　　名　听说爱情会回来

著　　者　张静安
责任编辑　黄孝阳　王　青
文字编辑　李　丹
出版发行　江苏凤凰文艺出版社
出版社地址　南京市中央路165号，邮编：210009
出版社网址　http://www.jswenyi.com
印　　刷　北京鑫海达印刷有限公司
开　　本　880×1230毫米　1/32
印　　张　7.5
字　　数　165.6千字
版　　次　2018年8月第1版　2018年8月第1次印刷
标准书号　ISBN 978-7-5594-2274-3
定　　价　39.80元

目录

第一章 · 还是记忆中的少年模样 _1

第二章 · 每当看到美，都会想起你 _24

第三章 · 第一次走进茉莉咖啡店 _43

第四章 · 双双恋情公布 _59

第五章 · 听说你要结婚了 _73

第六章 · 不顾一切跟你去南山 _85

第七章 · 繁华散尽后才是彻底的荒凉 _99

第八章 · 他这辈子都会忘不掉我 _112

第九章 · 为手术做准备 _128

第十章 · 平安夜的意外重逢 _152

第十一章 · 带我去巴黎 _169

第十二章 · 听说爱情会回来 _203

尾声 _229

第一章

/

还是记忆中的少年模样

2010 年 12 月底，二十六岁的我已经孤身一人在哈市生活了两个年头。事实上，我来自 C 城，你知道 C 城吗？它隐藏在温润多雨的南方深处。林景泰打电话给我的时候，我正在地图上寻找 C 城藏匿的地点。你知道林景泰吗？事实上，相对 C 城的男人来说，他是一个与我毫无关系的男人。

“你是不是喝醉了？”林景泰在电话那头有些焦急地问。

“才两瓶伏特加，醉不了。”我说。此时地图上的世界已经在我的眼前模糊成一片。

“我服了你了，明天我到哈市，你好自为之吧。”林景泰有些愤怒地挂掉了电话。

事实上，这只是我在哈市的第二次醉酒。明天就是新年了，岁末的时候，我总会像一个老妪一样，回忆着过往的生活。

2005年6月6日，一个看起来还比较顺利的日子，我在C城的×大学学习完毕，离开校园。

扔掉了杂七杂八的东西后，我手里只剩下一个小小的箱子，箱子边站着我在这个大学里唯一的好朋友乔小漫。

在楼梯口，我遇见笑靥如花的学妹和她尖嘴猴腮的男友。与她告别时，我泪如雨下。

告别的其实只是四年凌乱不堪的大学生活，恰恰他们在这个时候出现，于是他们也成了我告别时的场景之一。

“可是，她为什么要哭呢？”学妹的男友一脸茫然，茫然里当然还有一丝嘲笑。

我的眼泪马上就止住了。

“这是一个浅薄的男人，你跟着他是不会幸福的。”这是我对学妹说的最后一句话。这个男人，给我的眼泪予以鄙视，而我则对他整个人格予以鄙视。学妹一脸愕然。

这四年，在这些单纯的同学面前，我斯文温雅，人前人后谦卑恭谨、轻言软语。所以，这句话在最后的时刻出现很有分量。

学妹送我下楼后，扔下了那个无知的男友，拂袖而去。

短短几分钟的时间，我拆散了一对原本可以传为千古佳话的情侣，这是我四年大学生活唯一的成就。

很久以后，我才知道，学妹其实在潜意识里早已厌倦了那个从面相上来看就靠不住的男友，我的那句话，只是起到推波助澜的作用。

难怪有人跟我说，永远不要相信C城的爱情，它来的时候慈眉善目，去的时候面目狰狞。

当然，这些都与我无关——我从来没有谈过恋爱，更未接触过男人。

我的好朋友乔小漫，在离开校园的最后一晚，也有了惊人之举。她在女生宿舍的大楼上，用荧光笔写了几个醒目的大字：

“大学，教我们失身于人。”

全场哗然，我们默默无闻地来，惊天动地地走。

我异常艰难地进入了一家杂志社做外联。说艰难，是因为这中间有个小插曲：杂志社本来是不要人的，但因为我有一个非常特殊的专长，他们才在庸才为患的情况下将我破格录取——在我弹尽粮绝的时候。事实上，我的专长听起来似乎并不那么光彩，那就是——喝酒。

这是家老杂志社，当然，与我打交道的也都是一群老男人。

——我原本说话没这么恶俗的。

干净、儒雅、气度不凡的男人，哪怕到了八十岁，我都不会称之为老男人。

可这世界，俨然成了衣冠禽兽们的天下。

在我的对面，坐着一群西装革履、人模狗样，口里却说着淫秽笑话的男人。

肮脏不堪的笑话，伴着缭绕的烟雾从他们的嘴里蹦出来，让我恶心不已。

我的酒量是天生的、我的容貌是迷人的，这两点，直接或间接地决定了我今后的工作就是要从男人身上去赚钱。

每一个女人，都不可能绝世而独立，白领和妓女一样，都是直接或间接地从男人身上赚钱。

这个世界，始终是男人的世界。

我喝酒有一个标准，谁说的笑话最低俗，我就去灌谁，直到他趴在地上，脑袋能做拖把使我才罢休。

现在，这些老男人正丑态百出地倒在包厢的各个角落。我拿着在他们醉倒的前一刻签下的合同书，笑意盎然地离开了。

我的领导对我的工作给予了百分之两百的肯定。

他说："胡平凡，你可一点也不平凡。每一个跟你喝过酒的男人都说喝得太尽兴了。"

我回头冷笑。

是的，我的名字叫胡平凡——我妈在和初恋情人挥泪而别的时候，万念俱灰，胡乱找了个姓胡的二婚男人就嫁了，那个二婚男人就是我爸。而且，据说我爸二婚的原因居然是他的前妻不能生育。于是在一方狂热、一方冰冷的状态下，造就了平凡而不甘平凡的我。基本上，我的出生对于我妈来讲属于波澜不惊、天不遂人愿，而对于我爸来讲，却是上天赐予他的一份珍贵而不凡的礼物。

我喝了不少的酒、赚了不少的钱，这两者相辅相成、相互依赖、密不可分。

我在政治课上学到的词语终于能在生活中派上用场了。

谁说读书没用？

2006年9月的一天，小漫周游列省回来了。

“平凡，你知道吗？中国三十多个大城市我跑了二十几个，但是，这一次，我决定一直在C城待下去了。”

“为什么，你去的时候不是还说C城十个男人中有九个不是男人吗？”

“是的，但C城总算还有十分之一的男人。而其他地方，根本就没有男人。”

“小漫，你有没有真正喜欢过一个男人？”

“没有！这也是我一直没有放弃生活的唯一理由。”

“难道大学里的那些，你都？”

“那不是爱情，他们只是我追求真爱路上的牺牲品。”

“你准备继续屠杀下去吗？”

“当然。老师说爱迪生做了几千次的实验都没有找到能做灯丝的材料，但他至少知道这几千种材料不适合做灯丝。我乔小漫也是。现在，我已经知道有二十几个男人不适合做我男朋友，这个道理是一样的。”

小漫在社科课程里学到的知识也派上了用场。

谁说读书没用？

几天后，小漫生日，二十二岁，年华像花儿一样。

我们约好在苏芙酒吧门口见面。

这是小漫第一次过生日没带男人，我诧异。

“小漫，没男人的生日怎么过？”

“男人，这不都是吗？”小漫让我看看四周，全是男人的狐光媚眼在我们身上扫来扫去。

“平凡，你永远都不要认为自己很平凡。男人，对我们而言，永远都是手到擒来。”小漫对于男人，有着与生俱来的自信。

“平凡，你说这个酒吧会有多少男人死在我的屠刀之下？”

“不知道。也许，你会在此碰到你的真命天子，你将放下屠刀、立地成佛。”我希望是这样。这几年，我目睹了很多生龙活虎般的男人被她抽干了精血。

“平凡,你还没有谈恋爱的欲望吗？喜欢你的男人不止两个吧？”小漫问我。

“我对那些男人没兴趣。”我慵懒地说。

“平凡，我佩服你。要是没有男人，我可活不了。”小漫叹气。

苏芙酒吧里的慢摇歌曲，总是能摇得人心碎。这是小漫在喝光一瓶芝华士后说的。

而我，从不和女人喝酒，哪怕是再好的朋友。我的酒量是用来对付男人的。

“小姐，这瓶酒是隔壁的那位男士送的。”酒瓶刚空，服务生不失时机地走了过来。

我和小漫同时转过了身。

邻桌，坐着一个孤独的男人。

“喂，你过来啊。”小漫眼神迷离，小指一勾。那个男人应声而至，坐在小漫的身边。

“你——认识我吗？”小漫指着自己娇美的脸，细尖的瓜子脸在这个时代依然占据主流。

男人没回答，倒了酒，和小漫干掉第一杯、第二杯、第三杯……

小漫终于倒下了，倒在这个男人的怀里。

“她叫乔小漫，毕业于 × 大学，毕业的第一个半年在电台做实习编导。”男人对着我，首次开口。

“你们认识？”我诧异地问道。

“当然，那一年，我们在同一个电台做主持人。”男人说。

“可是，她为什么不认识你？”我疑惑。

“在她生命中出现过的男人，她从来都不会留下记忆。事实上，我到电台没几天她就走了，我们的交往也只维系了两三天。”男人忧郁地说。

“可是这怎么可能？”他的话听起来有些荒唐。

“这是她的优点，只是很多被她抛弃过的男人都没有想到，还能再一次以全新的姿态出现在她的面前。”男人肯定地说。

“你觉得你很聪明吗？你不怕再一次被抛弃？”我好奇地问道。

“当然怕。但是，至少现在，我在她看来，是又一个陌生人，我们还可以谈一场恋爱。她不再认识我，我便已经是再生了。我该满足。”男人的眼睛在黑暗中如明灯般一闪一闪。

“你叫明治是吗？看起来，你一点也不明智。”我说完这句话就离开了。最后是他带走了小漫。因为小漫说，没有男人她活不了。

谁也不知道，就在这个神秘的晚上，我遇到了耀扬。当时，我丝毫没有感觉到这个男人将对我的一生带来怎样的颠覆。

耀扬也是当晚苏芙酒吧孤独男人中的一员。他说他坐在我右边的邻桌，一直在看着我，但我丝毫没有察觉。

“看我的人太多了，你长得太平凡，我哪会注意到你。”这是我对耀扬说的第一句话，带着明显的骄傲。小漫说的，对于男人，我们手到擒来。我甚至还没转身看他就说出这样的话。

然而，我还是想错了。

“你的包掉在沙发角落里了，我正好看见，就给你送过来了。一个女孩，没包怎么回得去。”耀扬的口气很清淡，让我听不到他有以此来追求我的成分。我心有不甘。我甚至认为，他无非是想采取欲擒故纵的招数。这种男人，在毕业后这一年，我见过不少。

我转过头，我就不相信，我惊为天人的回眸一笑打动不了他。

“你是？我怎么觉得你好面熟……”这是我在恍惚间冒出的话。这句话听起来一点也不高明。每个男女在想认识对方的时候都会说，你好面熟，你像我小表弟，你像我大姨妈之类的。

然而，我对天发誓，天地良心，迎面的耀扬我真的见过。

“你去过 × 大学吗？”我问。

“× 大学？好像两三年前去过。见网友。”他想了想回答道。

“你是不是有个网友叫 Cindy？她的本名叫叶灿。”我继续问，

“Cindy？对啊。可是，你怎么知道呢？”他疑惑地皱起了眉头。

“我当然知道，叶灿是我的室友，大二那年，宿舍调整，我们在

一起住过一年。”我抑制住惊喜。

“我还知道，叶灿去见你的那天，穿着红色臂间带白色条纹的运动衣。”我继续说道。

“你怎么会知道这么多？我好像从没见过你啊……”他彻底迷惑了。

“你当然没见过我。叶灿那天穿的衣服是我借给她的。那件衣服，我买回来才三天，一直舍不得穿，没想到最后成全了她。你们后来是不是成了男女朋友？”我哀哀地说。

“耀扬？！对！你叫耀扬。那天是中午，你站在我们公寓楼下篮球架旁边，穿着绿色的裤子，很宽大，黑色的 T 恤上面是正在扣篮的樱木花道。”我补充道。

“可是，这么久了，你怎么连细节都还记得这么清楚？”他微笑着问道。

“当然！我记得我斜着脑袋在窗户边看了你很久，你双手插在一起，一副处事不惊的样子。”

是的，那一天的景象在我脑海里一直挥之不去。

篮球架的后面，是一棵高大的梧桐树。那一天，梧桐树上掉下的叶子，正好与他脸上淡淡的笑容相配。

每个少女心里都藏有一幅风景，但大多是难以遇见的风景。而那一天，我遇见了。

满腹的少女情愁，豁然开朗。

如果一定要问，被家庭的巨变搅和得对男女之情心存恐惧的我，是否对某个男人动过心？我想，能算起来的也只有他了。

尽管那个男孩属于叶灿，并不属于我。

尽管在后来我又知道，那个男孩也不属于叶灿，他们在匆匆见了一面后就挥手告别了。

2004 年到 2006 年，近三年的时光，耀扬已经由男孩长成了男人，他的脸不再白净，但也不是古铜，而是黝黑。

“耀扬，我们算得上是旧识，是吗？”我和耀扬走在酒吧街的繁华里。

“当然，但是，可以告诉我你叫什么名字吗？”

“胡平凡。”

“胡平凡，你的名字真有意思。”

“是吗？可是，你千万别认为我很平凡，我一点也不平凡。”

“可是，平凡不好吗？我喜欢平凡。”

“你喜欢平凡？你是说你喜欢我吗？”我把话说得很轻快。

耀扬就浅浅地笑了。

在人声鼎沸的酒吧街尽头，我一厢情愿地笑得一塌糊涂。

我的心情，和我在 2004 年看到他的时候一样激动不已。或者说，从小不为人知的惨痛的生活际遇已经让我麻木不堪，而耀扬的出现，无论是上一次，还是这一次，都给我阴云密布的内心深处带来久违的阳光。

小漫和那个电台主持好上了。其实是重修旧好。只有小漫完全不知情，在她看来，这个男人新鲜帅气，明朗豁达。而对于事情的真相，我守口如瓶。

对于别人的爱情，旁人所说的每一句话，即使是在事实面前也都会成为主观臆断。

小漫享受着这份新鲜的爱情，明治也活在他破茧成蝶的新生里。

一切看起来安然无恙，波澜不惊。

9月的雨一下起来就不停歇。这丝丝淫雨，很容易让人意乱情迷。

而我，还是生活在老男人的圈子里。

我像一只蛀虫一样吸食着他们已经渐渐腐朽的身体。

然而，看得出来，他们也很需要我这只蛀虫。

他们的脸上爬满了岁月的痕迹。他们送走了岁月，得到的是堆积如山的人民币。而我拥有的正是他们失去的——比如青春。他们拥有的却是我想得到的——比如财富。我厌恶这些老男人，就如同厌恶我的母亲。因为我的母亲，就是为了一个老男人抛夫弃女的。

这一天，我在这些老男人的殷切期待中如期而至。

这一次，谈的是大单。他们当然不会傻乎乎地像上次那样，我还没提杯喝，他们就已经把自己给灌醉了。

这一次，他们很清醒，不再是酒不醉人人自醉。

“平凡小姐，这一次这个单谈成了，可够你花个一年半载的啦。”老男人欲摸我的手，被我挡了回去，

“钟大哥，这还得靠您多多帮忙啊。您一句话，我不就可以过一阵轻松日子了。”我婀娜多姿地把酒递给了他。

他喝酒的那一刹那，我看见他很久没洗的头发一撮一撮地打成了结，上面还飘来了橄榄油的味道。

年轻女孩子用橄榄油做润发剂，涂了之后会一遍又一遍清洗，只留下淡淡的余香。而这些老男人就把它们当万金油般直接涂在上面了，还是他们省事。

我扭过头，刚吃下的生猛海鲜差点一股脑儿吐出来了。

这些老男人绞尽脑汁翻说着他们日渐消退的记忆里仅有的黄色笑话，当然，是最黄的那种，只有那种才让他们记忆深刻。

这些黄色笑话，在我短暂的职业生涯里居然是那么的耳熟能详。

我不得不承认，在这些老男人眼里，迟暮之年的唯一乐趣就在此。

“平凡小姐，今天你要我签这个单，可以。我对此只有一个要求，就看你答不答应？”为首姓钟的老男人不愧为领导，笑得也最淫贱。

“什么？说吧。”我拨开他刚搭在我肩上的手。他的左手上有一粒肉痣，我对肉痣很是敏感。

于是我转身又吐。

“说吧，什么条件？”我把刘胡兰视为偶像，一副英勇就义的样子。我好歹也是知名杂志社的外联小主管，看你们能把我怎么样，难道还能吃了不成。

“平凡小姐，你放心，我们不会吃了你。”

天啦，这老男人怎么跟《鹿鼎记》里的海公公一样能听见我在心里说的话。我扭过头去，想确认他到底是人还是妖。

显然，他是人，是老男人。他那只长了肉痣的手又欲搭在我白皙的肩上。

“说吧，什么条件？”我闭上眼睛。

“平凡小姐，你要是敢在我们面前把上衣的上面三个扣子解开，我立马就签下合同,还一口喝下这瓶人头马。”钟姓男人一脸猥琐地说。

“签了合同就成，人头马就不必喝了，我吃点亏带回去。”我笑得很乐呵，这是我的职业习惯，合同签了还浪费这瓶人头马干吗？

我分析的重点都围绕着后两句话去了，显然还没来得及去想前面那句。

“你是说，你愿意了？”老男人们喜形于色。

“前面的我没听清，您是说解扣子？大哥，您要有这爱好我帮您找人去啊，您别忘了现在第三产业正兴旺发达着呢。”我迫不及待地想给他指条明路。

“那些有什么意思。平凡小姐，你跟她们是不同的，我们只稀罕你的。”老男人的手搭在我肩上很久了，那粒肉痣越来越清晰。

“三粒扣子是吗？”为了这笔十几万的大单,我的大脑在充血——合同一签，我就能提成几万块，够我花好一阵了。

我开始仔细观察我的衣服：空调房里，我一进来就脱掉了外套，穿着粉色衬衣。

我在推断，第三粒扣子到了我身上的哪一个地方。

可我显然是太嫩了。这些老男人，凭借他们多年练就的火眼金睛，显然早就知道，第三粒扣子背后，有他们想看的东西。

“可是，我要是解了，你们不签怎么办？”我在拖延时间中考虑这件事情的可能性。

说实话，被这样恶心的老男人贴着，我还不如脱了拿合同走人痛快呢。不就是看一下吗？又不要干什么，还能看死人不成。

“不行，我觉得这事很冒险，我一个弱女子，万一我解掉扣子，你们不签怎么办啊。”我说完这话后仔细地观察他们的表情。

“怎么会，我们都是讲信用的人。”钟姓男人拍拍桌子，想用气势证明他一言九鼎。

“那你们先签好，放在桌子中间。”我补充说道。吃亏不办事，这是我在工作中遵循的原则。

“平凡小姐，你可真不平凡。”老男人说完这么一句，醉醺醺地签上了鸡扒似的大名。

拿人钱财，替人消灾。我道义吧！

我慢腾腾地解下第一粒扣子，然后是第二粒，包厢里鸦雀无声。我还未伤及元气，有人从虚掩着的包厢门外探出头来看热闹。我懒得管了，一个人看也是看，多几个人看也是看，性质没变。

“去去去。”关键时刻，老男人们倒是很心急，容不得人打搅，眼睛直直地盯着我的手。他们自己的手却极不耐烦地驱赶着看热闹的人。

我闭上眼睛准备解我第三粒扣子，如果没记错的话我今天穿的是黑色的带蝴蝶结的性感内衣，我顾不上那么多了，心一横，等待着最后一刻过去。

在这最后一刻，我的脑海里闪现的居然是普希金的那句话：所有的一切都将成为过去，而那过去，也将成为最亲切的怀念。

我多雅。

“胡平凡！”在我即将就义的时候，我听见有人叫我，很大的声音。

我还没来得及转头，就被人从后面用大衣包着往外拉。

这人力大如牛，我像一只小鸡仔一样被他用一只手夹着。

“等一下！”我在仓皇之中不忘革命使命，从他臂弯的缝隙里钻出一只手，以秋风扫落叶之势，扫走了桌中间的合同。

桌上的杯子、碟子也被我的手叮叮当当地扫了一地。

“哎，我说你谁呀？”我被夹出走廊的时候，那些老男人还在后面扯着嗓子喊。

“我是她爸！”夹我出来的男人对着他们大声吼道，我有些忍不住笑出声来。

“你还笑！”这个自称是我爸的男人把我丢进了一辆有些破旧的车里。

“耀扬！怎么是你？”我的脸僵住了。

“我就在你隔壁的包间谈工地上的事情。你们说的话我听得清清楚楚。”

“隔壁包间？”我突然想起隔壁包间确实有客人。

“胡平凡，你居然当众脱衣，你果然不平凡。”这句话是我今天听得最多的一句话。他的话里，带着明显的讽刺。

“可是，你怎么知道是我？”我疑惑道。

“你的声音我还听不出来？”耀扬没好气地说。

“看来，你对我印象挺深的。”我的语气充满调侃的味道。

“你还好意思开玩笑？你看看你现在什么样子。”耀扬皱起了眉头。

我没搭他的话，心里却在偷笑。这个年纪轻轻冒充我爸的男人，气质不凡。关键他是耀扬，让我怦然心动的耀扬。上帝很眷顾我，我和他的每一次见面都充满着偶然和刺激。

“你很缺钱？”耀扬看着被我死死拽着的合同，皱紧了眉头。

“不是，但谁会嫌钱多啊。”我陶醉其中。

“耀扬，你今天帅呆了，带着我死里逃生。你不知道，要不是你来，我就真的晚节不保了。”我笑得跟梨花似的，故意把事情说得严重，想让耀扬知道我已经把他当成了恩人。这样，我以后也可以以报恩的名义理直气壮地和他扯上渊源了。

“胡平凡，我真是服了你。要知道，不是每一次你都有这样的运气。我也只能帮你一次。”耀扬无奈地摇头。

“放心吧耀扬，我胡平凡在江湖上混了这么多年，没两下子哪能混到今天啊？”我把合同拿给耀扬看。有了这份合同，我就可以笑嘻嘻地从老板那里拿到几万块，我能不开心吗？估计我今晚睡觉都会咧着嘴笑。

耀扬把车开到我住的大楼对面的马路上。

“衣服你就穿着吧，改天再给我。外面下雨，别冻着。”耀扬很自然地说。

“找个机会我一定要好好感谢你，我的大恩人！”我要了耀扬的电话，欢快地跳下了车。

刚才还在心疼我留在饭店里的那件一千多块的桑蚕丝外套，现在居然因祸得福。我忍不住窃喜。

耀扬的黑色外套有两个大大的口袋。我把手放在里面，很温暖。

这个秋天，日子比较长，因为那个在饭店里冒充我老爸的男人，我开始对生活充满了期待。

上次的那笔大单，奠定了我在杂志社坚不可摧的地位。大言不惭地说，杂志社有一半以上的人是靠我养活的。如果不是总部新来了位年轻有为的海归领导，走与企业合作共享资源做项目的路线，再启用我这样优秀的公关人才，这些老骨头，怕是早就收拾行囊回家了。

主编也是，每天“平凡”“平凡”地叫得要多亲热有多亲热，还鞍前马后地给我端茶倒水。

我跟老佛爷似的看着他们叫得抽搐的脸部肌肉。

在杂志社我是老佛爷；可在外面，我就是小桌子、小凳子、小桂子，伺候着无数个老佛爷。

我容易吗？

于是我决定休假，上班这一年多来，我风里来雨里去，鞠躬尽瘁、死而后已。

主编还没听清我说什么就一个劲地点头：“平凡，这一年多来，你为杂志社做了太大的贡献，身体是革命的本钱，你想什么时候回来就什么时候回来。”末了，他还发了一沓奖金给我，当然，只有我赚的一半。

主编这么多年的老江湖，他怕的是风萧萧兮易水寒，烈女一去兮不复返。好歹我也在江湖上闯了一年多，这我能理解。

尽管我喝酒，但那是我的事业，除此之外，我生活得异常健康：我不抽烟、不打牌、不吐口水，也不是很爱吃零食。

休假后，我每天在市中心的美丽田园健身房健身，偶尔逛逛书店，再就是逛街、买名牌。

JX 女装出新款的日子，我会准时跑过去叫她们直接把中号的给我包起来。

每一次的转身，都听见年轻的服务员小妹在猜测我的职业，她们甚至认为我肯定是哪个超级大款的小蜜。

看得出来，像我这样的“小蜜”比当白领更让她们羡慕。

我穿着耀扬的那件衣服，在大街上逛来逛去，已经三天了。

上身黑色西服外套，下身浅灰色苏格兰短裙，还有一双带高帮的平底皮鞋，这样穿着的我，混在井然有序的 C 城人群里，显得那样格格不入。

这一天的滂沱大雨，把我堵在了茉莉咖啡店的门口，路上等的士的人比肩继踵。

目送走很多辆不作停留的的士后，我心安理得地拨通了耀扬的电话。

事实上，自从上次意外重逢后，我一直都没机会约到他，因为每次我以请吃饭为由约他，他总是以不用客气为由拒绝我的好意，尽管我的确是不怀好意。

“耀扬，我在茉莉咖啡店门口，下大雨，打不到车。你能来接我一下吗？”我问得很忐忑。

“好，那你就在那儿等我。我正好离那边也不远，二十分钟吧。”这一次耀扬倒是很干脆地答应了。

我挂掉电话。他的声音在我的耳边响成了一道美丽的音符。

二十分钟，如果用来等一个猪头男人，要多难熬有多难熬；可用来等耀扬，一点也不长。

耀扬的车开到我身边的时候，我还在捂着嘴巴偷乐呢。

“平凡，你怎么还穿着我的衣服？”这是我上车后他问的第一句话。

“我……本来是想还给你的，可是今天我没穿别的衣服出来。”我下意识地紧紧抱着我那个装 JX 外套的大纸袋。

“没关系，你喜欢就拿着穿吧，不用还给我。”他微笑着说。

“那就太谢谢你了，要不，我请你喝咖啡？这家咖啡店看起来很不错。”我说。

“当然，C 城最有品位的咖啡店。老板跟我也挺熟的。不过，改天再喝咖啡吧，我们先去吃饭。”耀扬说。

“正好，我也饿了，那我请你吃饭吧，上次你帮了我。”我顺势说。

“不用那么客气，谁请都是一样。我们去吃韩国菜吧。”耀扬提议。然后他就径直把车开到了卡萨厨房——一个吃韩国菜的地方。

“你很喜欢吃韩国菜吗？”我在试探他的喜好。

“是啊，你不喜欢吗？”他反问道。

“当然……喜欢。”我撒了谎。事实上，我从不吃韩国菜，我害怕拿那些个大大的勺子去挑那些酸掉牙的泡菜。

“耀扬，你是做什么工作的？”我一边大口喝汤一边问他。

“做工程设计。桑树湾别墅一期是我做的，不过就几栋而已，卖得一般。”耀扬淡然地说。

“原来你是建筑业巨子？”我调侃他。

“不，最多算个小工程师，偶尔自己接些小工程做。”耀扬自嘲道。耀扬的外套下穿着绿色的格子衬衫，他的嘴巴一张一合地喝着红豆奶茶。

“所以你才晒得这么黑是吗？我是说……你的肤色很健康！”我笑嘻嘻地问。

“当然，我们这一行，即使是做管理，也一样要日晒雨淋。”耀扬说。

“你们可真辛苦啊。”

我搅汤汁的勺子突然翻转，弄得汤汁洒了一桌。耀扬又叫服务生给我新添了满满的一碗。

我吃得很慢，在耀扬吃完半个小时后，我才磨蹭着把最后一勺番茄拌饭吃完。

“韩国菜真好吃。”我轻轻地擦着嘴，傻傻地笑着。事实上，那些酸汁正在我的胃里翻江倒海，我确定有一小部分已经快与我舌根接上头了。

“你怎么笑得这么夸张。”

耀扬看着我的样子也笑了，露出弯弯的、洁白的一排牙齿。

10月的公休假，对我来说没什么意义。我的假期完全由我支配、无限期，所以我看不出来这几天有什么不同。

耀扬负责的别墅工程在城西的一座小山坡上。

我在无所事事的时候，曾坐巴士穿过大半个 C 城去那里散步。

那里亭台楼阁，山坡下面的东湖烟波浩渺，是个很有仙气的地方。当然，最重要的是那里有耀扬。只是，我从没让他知道，我曾经穿着白色的帆布鞋，在离他十米不到的黄泥地里散步。

那个时候的耀扬戴着黄色的安全帽，在工程部的大门口来回走动，心事重重。

男人在年轻的岁月里，总是在为事业做太多的操劳。

可后来的后来，我才知道，那时候令耀扬操劳的并不仅仅是事业，而是一场痛彻心扉的爱情。

我是在 9 月初遇见耀扬的，遇见他之后，C 城在我的眼里变得明亮生动。

我不知道的是，那个时候的 C 城在耀扬看来，却是一座悲情城市。

我们之所以留有遗憾，就是因为在该知道的时候有太多不知道。

小漫来找我的那一天，我恰巧又穿着耀扬的那件黑色外套。我记得小时候我就经常穿父亲的长外套去上学，连膝盖都是温暖的。再冷的风吹过来，都感受不到寒气。

其实没什么恰巧的，上午的时候把它送到干洗店快洗，中午就赶紧取来穿。小漫来的时候已经是晚上。

“平凡，你谈恋爱了？”这是小漫进来后跟我说的第一句话。她对一切有关男女的事情有着天生的敏感。

“……还没有。”我吞吞吐吐地在没有前加了一个还，给人的感觉是虽然现在没有但即将发生。

“穿这件衣服的男人，应该是一个正受着伤害的男人。”小漫仔细端详着我身上的外套。

“为什么？”我惶恐，我一直以五体投地的状态信任着小漫对男人的判断。

“你看，这两个大大的口袋，可以放进好几双手，还有这竖着的领子，没有丝毫被折叠过的痕迹。”小漫坚定地说。

“可是，这不能说明什么。”我从大口袋里把自己的双手掏了出来，“这是欧式的，你对欧洲的服装不了解；而且，我刚刚干洗过，当然熨得很平。”我激动地反驳她。

“相信我吧平凡，但是，这没什么大不了的——他受伤害的时候，正是你出手的最好时机。”小漫说。

“可是小漫，我读大学的时候就跟你说过，我不喜欢和有太深过去的人交往。我怕我敌不过他的过去。”我忧心忡忡地说。

“平凡，你又犯傻了。别忘了那句话——对于男人，我们都是手到擒来。”小漫不以为然。

小漫告诉我她进了电视台做编导，完全是她男朋友明治的功劳。她开始尝试着去爱他。

我开心不已，为的是明治守得云开见月明。

我把我新买的 JX 的外套送给了小漫。我怕我还没来得及穿，它们就已经过季了。

那一夜，我彻夜未眠，把一大瓶咖啡豆磨成了细粉，却没有拿去煮，而是把它们当成尘粒，吹进窗外的暗夜里。

我摒弃它们，就像摒弃我许过的不和有太深过去的男人交往的誓言。我会感到很幸福——如果让我洗心革面的是耀扬这样的男人。

第二章

/

每当看到美，都会想起你

C城是一座历史悠久的老城，也是一个经济开发如火如荼的新城。我经常去的地方是一个有着一百多年历史的古老公园，公园的左侧有一排长长的留有战火痕迹的古老青砖围墙。

在十岁之前，我无数次拉着我父亲的衣角在这古墙根下散步。现在，父亲已经远去很久很久了，隔开我们的是伸手不见的时间光年。他没留下任何可以让我缅怀的东西——包括尸骨。我只能在他曾经来过的地方怀念他。而十几年的时光，让C城旧貌换新颜。我能找到的我们共处过的地方已经很少了，仿佛，也只有这里。

C城这个时候的空气已经很清冷了，站在清冷的风里，整个身体像被凉水浸过一般。

和我的无所事事相比，耀扬显然很是忙碌，忙碌得我每一次打电话给他，他都会说：

“平凡，我很忙，改天我再来找你好吗？”

我喜欢听他说这句话，于是我就不停地打。这句话让我每一天都生活在期待之中，让我欲罢不能。

我和耀扬有了第一次长谈是在10月，耀扬的别墅工程竣工之后，当然是我主动打电话给他。在耀扬的面前，即使是男尊女卑，我也毫无怨言。

耀扬的车身上布满了灰尘，车顶上居然还有落叶。

还是那家吃韩国菜的卡萨厨房。我不知道由此是否可以判断，耀扬是个恋旧的人。

“耀扬，你的心里，是不是放不下一个人？”我问得很直接，就如同一个注定要受死的人，被问到是选择被慢慢折磨至死还是被一刀直接捅死，傻子都会选后者。

“你怎么突然这样问？难道这你也能看得出来？”耀扬显然没有想到我会问这样的问题。

“我的一个朋友，很能看透男人。她告诉我，你这样的男人，肯定是心里放不下一个人。”我表面不动声色，内心却心潮澎湃地等待他否定我说的话。

“也许吧。”耀扬若有所思地说道。

“也许吧？到底是有还是没有？能说说你们之间的故事吗？”我

显得那样的迫不及待。

耀扬叹了一口气，以示默许。

我知道，面前的耀扬即将揭开一个已经发生或者正在发生的故事的序幕，而他却不知道，这于我，是怎样锥心的疼痛。

“平凡，我遇见她的时候，是 2005 年的平安夜。”

2005 年的平安夜。我掐指算着时间，显然不长。此刻的我，只能从单一的时间长短来判断他们感情的深浅。

“我们没有曲折离奇的相遇故事，我们只是简单的一见钟情。可是平凡，你知道吗，一见钟情，这太不容易了。”耀扬忧郁地说。

我替他要了一瓶伏特加，看得出来，他很需要。

我还是没喝，我说过，我的酒量只是用来对付那些酒池肉林里的老男人的。

“你们，还在一起吗？”这是我最想问的关于他们两个人的问题。

“我一直认为我们应该在一起，可事实上，她已经跟人飞往巴黎了。”耀扬自嘲地冷笑了一声。

“你的意思是，她变心了，跟别人走了？”我重复道。

耀扬点了点头。

“你忘不了她？”我问得很简单。

耀扬还是点头，看得出来，他在竭力掩饰已经写在脸上的忧伤。

“可是，事实是，她已经离开了你，你应该有自己的生活。”我激动地说道。

“我知道，但是平凡，你肯定没有深爱过一个人，你体会不到我的痛苦。”

耀扬说完这句话就倒下了。瓶子里面滴酒不剩。

他最后的这句话，让我持续愕然了好几分钟。

因为不知道耀扬的家在哪里，我把他带到我的公寓。此刻的耀扬躺在我深蓝色的沙发上，灯光映衬着他淡淡的愁容。他的衬衣褶皱迭起，他的手垂在沙发旁。我轻柔地把他的手放在他的胸口上。他的脸上长了淡淡的一层胡须；他的嘴巴一张一合，在诉说着与我无关的东西。

我谦卑地匍匐在他的脚下，激动地看着他。

不得不承认，爱情的萌生，并不一定需要一个百转千回、迂回曲折的过程，就像我对耀扬的感情，完全来路不明。

第二天清晨，耀扬醒来说的第一句话就是：

“平凡，你的房间怎么如此明亮。”

我走过去，拉上我的蓝白格子的窗帘。阳光正从那里倾泻进来，带着一团团耀眼的光亮。

“你知道吗，这是我第一次进单身女孩的房间。”

“可是，那你和她？”他谈了一年的恋爱没进过单身女子的房间，这让我诧异。

“她从不带我去她的住处。直到年初，我有了一次机会，可是，那不是单身女子的房间。”

“你是说？”

“在我们遇见之前，她已经有了男朋友。在我们遇见之后，他们仍然住在一起。”耀扬哀怨地说。

“你是说？”我彻底迷惑了。

“是的，我在不知情的情况下做了彻头彻尾的第三者。然后，带着她去巴黎的男人，做了第四者。”耀扬平静地说。

这个女人，显然是玩弄爱情的高手。小漫也是，可她们之间有着本质的不同。

小漫的每一段感情都是在独立的状态下发生的，也就是说，每个被她玩弄过的男人至少还拥有一段属于他俩的单独时光。

然而,这个女人,却让很多段感情重叠发生,她是蓄意的感情骗子。

一个简单的多角恋的故事，完全没有我想象中的惊世骇俗。

然而，令我百思不得其解的是，这究竟是怎样的一个女人，能让耀扬这么谦卑地去爱?

但是，我没有直接问耀扬，这句话不应该从我的嘴里问出来。这样，会让我显得很没底气，还没开始，就已经被她打败了。

尽管我是多不愿意，但我还是把她想象成一个清丽动人的女子，只有这样的人，才配得上耀扬的那份怀念。

加上昨天晚上，耀扬在我的房子里待了整整一天一夜。

中午的时候，我们坐在我新买的原木餐桌上喝海鲜粥。桌身有细致分明的年轮，靠椅上铺着小漫从台湾给我带回来的雪白色的仿真貂毛。

海鲜是耀扬还没醒来的时候，我去超级市场精挑细选买来的。

“平凡，你一直是单身吗？”耀扬问我。

“对啊。”我利索地回答。

“你真是个简单的女孩子。”耀扬由衷地说。

“是，我的确没那么复杂。”我紧张地说。我恨不得说，我的确是个好女孩，比她好几百倍。

我感觉我在耀扬面前说的话都一厢情愿地带着某种暗示，而耀扬完全听不出来。

晚饭我们吃的是咖喱鸡饭，我是照着书一步一步学着做的。我一厢情愿地认为，喜欢吃韩国菜的耀扬一定也会喜欢吃咖喱鸡饭。

然而，吃了第一口耀扬就跑到洗手间吐了。尽管我看得出来，他一直都在拼命忍着。他知道我做这顿咖喱饭不容易：鸡丝是我戴着眼镜一根一根切的，切成了线条那样的大小。

“对不起，咖喱味让我想呕吐，可能是因为昨晚的酒还没有散的原因。”耀扬的脸上满是歉意。

“没关系，我还是给你煮一碗苹果粥吧。”

我围着胸口有一个大大的赤木晴子、袖子上镶着蕾丝边的橙色小围裙在洁净的厨房里忙来忙去，切着苹果丁。

出来的时候，耀扬已经离开了，消失得无影无踪。

10 月底的 C 城真正开始冷起来了。我在经过商场的橱窗时买了一件黑色的大排扣风衣。我把头发拉直了，还摘下了柬埔寨女郎的大耳坠，换上了银质雕花的纯色小耳环。尽管我未施粉黛，但是当风把我宽大的风衣吹起来的时候，还是有很多男人的目光洒满我走过的那一路。

生活实在太孤独、太无趣了，于是我约小漫十点半在水果吧见面。不一会儿我们就在门口碰了面，我和小漫最大的共同点就是准时。

小漫的身边，还是那个叫明治的电台主持人，我松了一口气。

“对了，明治，你主持的是什么节目？”我们坐下后，我问明治。事实上，我问这句话完全是和他打招呼的意思，没想过要得到回答，因为我从来不听广播。经过了整天抱着个收音机躺在床上的大学生活，现在我一看到收音机就想吐。

小漫说过，听收音机的人要么是学生，要么就是民工。

这两者也只有在这个时候才能混为一谈。

民工怎么了？耀扬穿着沾满泥巴的衣服、戴着黄色安全帽在工地上巡查的时候，不就是扎在民工堆里的吗？民工挺好的，我羡慕民工。

“我主持的是夜听栏目，属于情感类的谈话节目，每天晚上十点半开始一直到零点。”明治回答。

“是专门给人解决情感困惑的那种吗？”读大学的时候，我们经常听类似的节目，还听得如痴如醉。

“对，每天晚上都有人向我诉说他们真实的情感故事，就发生在这个城市，我们的身边。”明治那低沉的男低音是那么的好听。

没想到他竟是为别人的爱情授业解惑的人。当然，一个有着被抛弃的亲身经历的人，更懂得怎样去对听众言传身教。

“小漫，我申请出远差了，C 城让我透不过气来。”明治去洗手间的时候我和小漫说。

“怎么了，为情所困？”小漫打趣道。

“算是吧，再说，正好也有公事。”我说。

“出去走走也好，想明白点。去哪儿呢？”小漫问。

“哈市，总社的会议在那边开。本来我可以不去的，但我想出远门走走。”我说。

“他还没出现吗？其实也没什么大不了的，不就是一个心里还装了别人的男人吗？要是爱的话，就要勇敢去追求，能有多难？”小漫安慰我道。

“我就是不能确定是不是真爱到了那个地步，而且就算他见我，又能怎样呢？如果他不爱我，总是会离开的。”我无奈地笑道。

第二天我就订了去哈尔滨的机票，祖国的最北边。

坦白来讲，我真的不能确定自己爱上耀扬是不是被长期生活在C城的孤独情绪给迷惑了。我需要冷静。

我坐的是晚上的飞机，因为我不想在飞机徐徐上升的时候清晰地看到C城每个角落里的风景。

可是，在机场，我还是忍不住回头张望，期待着看到满头大汗跑过来叫住我的耀扬。

这番景象只是我的幻想，因为我并没有告诉耀扬我要去哈市，因为这在他看来，是与他无关的事情。

在飞往哈市的飞机上，有一些风尘仆仆的俄罗斯女人，她们的皮肤白得那么不真实，仿佛随便一碰，就会有很多细粉掉下来一般。

我开始想象，那个让耀扬迷恋着的叫张米粒的女人，是否也曾像我一样，在C城同样的机场，坐着不同的航班，在一个男人的哀伤中飞向了夜的巴黎。她和我都是离开，她的离开，让耀阳牵肠挂肚；我的离开，却掀不起一丝波澜。

是的，这个女人叫张米粒，她实在没有辱没这个名字，像米粒一样被无数个男人迷恋着。

在哈市下飞机已经是深夜。这个古老的东北的城市，完全没有南方城市那般繁华。不到零点，街上就已经人烟稀少了。

我穿着那件大风衣，寒风刺进了我的骨头里，锥骨般的疼痛，与C城9月皮肤表面上的清冷是完全不同的。

上了的士，我头也没抬就直接对司机说："去最好的酒店。"

哈市对我来说陌生得干净彻底，所以，这个最好的标准只能依的士司机的品位而定。

"姑娘，来自南方吧？一听口音就知道。"我的普通话跟东北话相比，那当然是很不标准。

"是的，来自C城。"

"C城？我曾经在那里当过两年兵。C城是座很漂亮的城市，特别是C城的美女很出名。"

年轻的的士司机羞涩地笑了。

我确定他是好人，才理会他的搭讪——只有好人，才会有这样羞涩的笑容。羞涩是善良的根本，是装不出来的。

我确定这是哈市最好的酒店：枝状水晶大吊灯一路流光，映照出大厅一派富丽堂皇，与门口清冷的街道形成鲜明的对比。

更何况，这里的房间，五百块一个晚上。

我刷过卡后，身后又是一片唏嘘。

我这样的单身女子，住这样好的宾馆，在经济并不发达的哈市来说，是极少见的。

这个城市，在我的眼里，是这样的陌生。我在中央大街上买了一件纯白简短的羽绒服、一条藏青色的紧身牛仔裤、一双平底带白色皮毛的靴子。

我和哈市人的打扮是完全不同的——他们大部分人都穿着长到小腿的宽大的沉色羽绒服，穿着厚厚的胶底布鞋，缩着肩膀，毫无身材可言。

难怪，在冬天这样的季节，在哈市这样的地方，看不到美女。

可是，在这么远的地方，在这些陌生人的面前，我想不出我的美有什么实质上的意义。

索菲亚教堂是哈市的标志性建筑，古老的俄罗斯建筑。

我凝视着墨绿色的圆顶，高耸的塔尖上还有残留的积雪，左边的平顶上有无数只飞上飞下的鸽子，右边的俄罗斯风情小店里有俄罗斯妇人在尽情歌唱。

哈市没有我想念的人，却有如此美丽的风景。我抱着手，坐在冰冷的木椅上。

哈市最难能可贵的特点是，它是个太安静的城市。

这个安静的城市足够让我进行冷静的思考。

然而，当站在庄严肃穆的索菲亚教堂里时，我多么希望，耀扬也能看到这幅美丽的风景。

我记得我在书上看到过这么一句话：爱一个人，就是在你看到一切有关美的东西时，都想与他分享。

在哈市的这几天，我的手机一直带在身边，却一直关着。这样我才能人为地幻想：在我关机的这段时间里，会有很多人找我，这些人里面，一定包括耀扬——原来，我也会被他需要。

我在索菲亚教堂下，想象着这一切，激动不已。

但是，因为关手机，我把会议的时间也弄错了，跑到酒店的会议厅时，会都已经散了许久了。我只好打电话给总部说我在哈市冻病了，错过了会议。他们当然相信，因为哈市与C城温差达二十几摄氏度。

哈市于我这样一个陌生人而言是个寒冷而且没有人情味的城市，除了一份难得的安宁，我对这个城市没有一丝好感。

只是，当时的我，并没有想到，在几年后的某一天，我会与这个城市结下不解之缘。

我决定回去了，于是又一次去了哈市的中央大街，买了一大堆衣服，打上包裹，把它们寄回给我的好朋友小漫。

这一趟到哈市，事实上，只起到了购物、观光的作用。

这是我在来之前就已经想到的结果：这世间一切都可以回避，只有爱情是不能回避的。

我在离开哈市的飞机上，听说了一件很有意思的事情，那就是，哈市还有另一个美称：东方小巴黎。

我在飞机上，掩着嘴莫名地笑出声来。张米粒去了西方的大巴黎，我来了东方的小巴黎，真是很滑稽的缘分啊。

回到C城的时候，C城和我离开的时候一样：内里是冰一样的孤独，而外表却是火一般的热情。

我蹬着在旅途中已经磨损的高跟鞋爬上楼，楼道幽静，我听着自己的脚步在楼道里的回声，踢踏踢踏，那是一种惊心的寂寞。

意外的是，我在门缝里发现了一张字条。

清逸的字迹：

平凡，你的手机关机，家里也没人，你去了哪里？

落款是耀扬。

原来在我来哈市的日子，耀扬真的来找过我。

我匆匆打开手机，拨通了那个熟悉的号码。

“耀扬，你找我吗？”我兴奋不已地问道。

“是啊，你在家吗？我一会儿到楼下来接你。”听得出来耀扬也十分惊喜。

挂掉电话，我赶紧洗澡，洒上了薄荷味的香水，掩饰掉身上的风尘仆仆。

二十分钟后，耀扬的车出现在我公寓边的路口。

“你怎么看起来这么憔悴？找我有要紧的事？”眼前的耀扬眼睛里布满了血丝，我不禁担忧地问道。

“米粒回来了。”耀扬长叹了一口气。

张米粒？！她回来了？我听明白了，张米粒在我从哈市回来的时候从巴黎回来。不早不晚，我赶上了这一趟。我的喉咙一下子被什么东西哽住了，说不出话。

“她一个人回来了，那个人留在巴黎，他们分开了。”耀扬轻声说。

“你的意思是她被抛弃了想跟你重修旧好？”我兴奋的心一下掉到了冰点。

“可是平凡，我不想再跟她在一起。”耀扬说。

“为什么？你那么爱她。”我不解地问。

“我说不清，她走了之后，我是很伤心，而且忘不了她。可她突然回来找我了，我又不想去见她，我完全不知道该怎么办了。”耀扬痛苦地说。

“你这话真让我糊涂了，天知道你该怎么办。”我忧伤地望着窗外。

“你找我，就是为了让我替你想办法是吗？”我继续问他。

“我想让你陪我一起去见她，我在C城，没什么女性朋友。”耀扬吞吞吐吐地说。

是的，耀扬，他一颗真心都在张米粒身上，别的女人，是入不了他的眼的。跟我这种莫名其妙出现的女性浅淡而疏离的交往，已经是他的极限了。

“你是说让我冒充你的女朋友？”我明白了他的意思。

“你不愿意？如果你真不愿意的话……”耀扬减慢了车速。

“我没说不愿意。”我鬼使神差地打断了他的话。

还是在那个耀扬带我去过的吃韩国菜的餐厅。

我毫无防备地见到了传说中的张米粒，这个折磨了我无数个日夜的女人。

可是这个女人，完全没有我想象中的清丽脱俗，她看起来是那种扔到人堆里，三天三夜才能找得出来的平凡女人。

今天，她甚至像我在哈市见到的俄罗斯妇人一样，裹着鲜红的麻布披肩，不，准确讲是猪肝红，红得让我恶心。当然，她的胸是我的三倍之大，骄傲地挺立着，这是唯一让我自愧不如的地方。

我睁大眼睛看着耀扬，耀扬睁大眼睛看着张米粒，张米粒睁大眼睛看着我。我们三个人，像是被魔咒定住了。

“张米粒。”

“胡平凡。”

不知道过了多久，耀扬将我们相互介绍给对方。

张米粒对于我的到来，显然是没有心理准备的。

“胡平凡，你好，我是耀扬的女朋友。”张米粒说出这句话之后就翘着兰花指拨弄着咖啡，时不时还用眼睛的余光瞟我。

“米粒，我们的事已经过去了，你不再是我女朋友了。”耀扬的声音低沉得没有底气。

“可是，为什么你每个月都要打长途电话到巴黎？”张米粒咄咄逼人。

“我只是想确定你过得好不好，仅此而已。”耀扬低着头，他的侧面看起来是那样的忧伤。

“可是耀扬，我现在过得不好！我跟他已经分开了。”张米粒说这话的时候斜着眼睛关注着耀扬的表情。

“别说了，米粒。她是胡平凡，我的女朋友。”耀扬机械地拉住了我的手。

我的脑袋嗡嗡作响。

“既然叫胡平凡，她就成不了你女朋友。”张米粒轻蔑地说道。

“你的意思是说，就因为你叫张米粒，耀扬就会爱你一辈子吗？”我站了起来，我显然对她的话反感到了极点。

“那当然，这个世界只有一个张米粒。”张米粒也站了起来。

“这个世界也只有一个胡平凡。”我也不甘示弱，但显然缺乏底气。

“算了吧，你是从哪儿冒出来的我暂且不追究，但是耀扬的主意你就别打了。你知道耀扬有多爱我吗？他跟我发过誓无论谁抛弃我，他这一辈子都会要我。你呢，算个什么东西？看到你盯着耀扬时两眼发光的贱样子，就知道不会是什么好货色。”张米粒的话句句都刺进了我的心里。

我看了看耀扬，他面露难色地看着我，丝毫也没有要为我说话的意思。我对她的话开始深信不疑。

我扔下这对狗男女，大步离开了这个装修得俗不可耐的韩国料理店，“张米粒”这三个字像苍蝇一样在我额头上空盘旋，我站在街角，气得昏天暗地。我胡平凡也有今天，在情敌面前一败涂地，不，我根本算不上什么情敌，耀扬连上战场的资格都没有给过我。

我就是一个自作自受、自编自演的小丑，蠢得人神共愤、飞沙走石，我越想越气，感觉一股热流冲到头顶，眼前瞬间昏天暗地。

“平凡，平凡，你怎么了，平凡……”在我晕倒的前一分钟，耀扬追上了我。

我在医院醒来的时候，正有一只手在我眼前舞动。我用一点虚弱的力气不耐烦地拨开它，就看到了小漫。

“平凡，你终于醒了，你昏迷了一个晚上，把我和耀扬都吓坏了。医生说你是体虚，又感染风寒。你能不能爱惜点自己的身体，酒可以喝，男人可以玩，但身体不能垮。你得去健身，留得青山在，不怕没柴烧。身体练好了，男人大把大把的还不随便你挑——这座山头不行，咱就换一座山头，烧他个漫山遍野。”小漫夸张地叫道。

“什么叫男人可以玩！”我哭笑不得地揉了揉眼睛，小漫的样子在我眼前清晰起来。

“男人啊，你不玩他，他就得玩你——还是你玩他比较好。占主动权，玩法由你决定，更刺激。”小漫说话的风格吓傻了给我换药的小护士。

“你刚才说什么，和耀扬？”我岔开话题。

“是的，耀扬说他翻遍了你的手机，只找到一个女孩子的电话，那就是我。他一个大男人不方便照顾你。”小漫说。

是的，我只有小漫这一个同性好朋友，除此之外，我的手机里全是各行各业各种老男人的电话。

“耀扬去给你买苹果粥了，你什么时候爱上那玩意儿了？”小漫问。

苹果粥？我想起耀扬醉酒的那一天，我熬了他没来得及喝的苹果粥。他太懂得投之以桃，报之以桃了。

耀扬回到医院的时候小漫已经离开了。她们台也办了一档都市情感真人秀节目，小漫是新节目的编导，做得有声有色。

“平凡，你的脸色很苍白，吃点清淡的东西会比较好。”耀扬很体贴地说。

苹果粥在我面前绿得发亮，让我想起索菲亚教堂的绿色圆顶。

“平凡，你去哈市了对吗？小漫告诉我的。”他继续问。

“是啊，我去旅行，哈市很漂亮你知道吗？中央大街上的雪踩在脚下会发出有韵律的声音，咯吱咯吱，特有意思。”我说。

“我当然知道。哈市是我的第二故乡，我的大学就是在哈工大读的。我伯父是工大的教授，我毕业以后，他一直想留我在那边教书。”耀扬说。

“哈工大？早知道我就去那边看看好了。”我微笑着说。

“你肯定是在那边受凉了，南方人突然到那边会很不适应的。”

“我是在哪里晕倒的？”我想知道张米粒有没有看到我晕倒时被耀扬抱起的景象。

“在街角。米粒家里突然有急事，我让她开我的车先走，然后我就看见了你。”耀扬平静地回答。

好吧，我以为耀扬是看到我被张米粒奚落，怕我难受，追出来安慰我的。我想多了，真的想多了。

我在家里静养了几天，身体是我吃饭穿衣的本钱。

小漫带明治来看我的时候，明治送了几本书给我，是泛滥成灾的心灵鸡汤之类的书。

“明治，看起来，你和小漫还不错。”我看着明治，夜间工作的人精神状态总不会那么的好。

“为了小漫，我完全改变了我自己。”明治骄傲地说。

“看起来，你的改变，让小漫很喜欢——她还没有耐心跟谁谈这么久的恋爱，祝福你。”我由衷地说。

“也同样祝福你，平凡，我们都会有一个美好的将来。”

明治笑起来，嘴角微微上扬，很内敛的样子。我知道，小漫最不喜欢哈哈大笑的男人。

尽管我心情糟糕，但我从不善于以此来折磨所有身边的东西，包括我的房间。我不停地在超级市场还有网上买来各式各样的东西来装饰房间；我还去附近的面包房花了三天时间学做野樱桃蛋糕，虽然我并不喜欢吃，但会刻意把程序弄得异常复杂，这样，时间很快就能被我打发掉。

我开始养花草，花草可以修身养性。当然，我从不养媚俗的花，如牡丹、芍药之类的，我只养茉莉、水仙、兰花，还有很多开不了花的植物。

这天中午，我在电视里看到桑树湾别墅正在举行一期竣工剪彩仪式的节目。我戴上黑框眼镜，在画面中搜寻着那个熟悉的身影，没放过任何画面，却没看见耀扬。

于是我打电话给耀扬，响了足足六声他才接。

“耀扬，我在看你们别墅的剪彩仪式，怎么没看见你？”我奇怪地问。

“我没去参加，我现在在南山这边参加县级道路工程的竞标。”耀扬的电话里，声音很嘈杂。

南县，那是离 C 城有八个多小时车程的偏远小县。

“那你什么时候回 C 城？”

“我可能会待比较久，直到竞标工作全部结束。”

“比较久是多久？”

“说不好。平凡，你的身体好点了吗？”

“已经完全好了，耀扬，你多保重。”我挂掉了电话，握电话的手一直在发抖。

耀扬去了南山，一个离我有八个多小时车程的地方，那里有横亘几千里的巍巍大青山和奔腾了几万年的滚滚长河水。

C 城的上空，没有了耀扬的气息，远处的天边，一朵乌云在我的头顶上慢慢地弥散开来。

第三章

/

第一次走进茉莉咖啡店

我终于决定结束自己的休假，回到工作第一线，在我的钱即将用完的时候。

我从不存钱，我始终认为，只有花更多的钱才会促使自己去赚更多的钱。只有会花钱，你的生活才会一直保持在高水准上面。钱这个东西，存到一把年纪的时候再花，又有什么意思？再说，谁又能确保自己活多久？要是哪天我突然不在了，我赚的那些钱就只能埋土里了，太不划算了，所以，我一赚到钱，就可劲儿地花，绝不手软。

杂志社的同志就差没列队欢迎我了。估计我休息的这半个月，杂志社靠这几把老骨头，肯定是进不了什么钱。

“平凡，有你回来就好，革命工作缺不得你这样的好同志啊。”主编扶着他的老花镜，把我迎到他的办公室里。

在我进这个老掉牙的杂志社之前，杂志社的外联是一个四十多岁，人前人后都很喜欢用一根细竹签剔牙齿的女人。杂志社年年都完成不了上面给的任务，主编年年都挨批。就在他即将被迫退位让贤的时候，我进来了，于是这家走在倒闭边缘的杂志社活生生地被我的酒量给救活了。

我真伟大，因为我是胡平凡。

“胡平凡。”下班回家，我才走到公寓楼下，就有人叫住了我。听不出是谁，因为我对声音不太敏感。

想来，终归是熟人，才知道我叫胡平凡。

我转过头，回眸一笑。

迎接我的却是张米粒。抛开别的不说，张米粒这个伶俐可爱的名字取在这么一个俗气的女人身上，实在让我痛心疾首。

我的笑容顿时僵住。我的嘴角机械夸张地做着上下运动，我想让她知道，我刚才不是在对她笑，是在做口腔保养运动。

“胡平凡，很高兴见到你。”她走上前来，和我亲切握手。

“你怎么知道我住这儿？”我警觉起来。

“还能怎么知道，耀扬告诉我的。”她不以为然地说。

“耀扬？他为什么会告诉你这个？”我半信半疑，怀疑她是哪天突然看见我，然后跟踪至此的。

“耀扬没有什么事是不告诉我的。我家里出了事，耀扬说我在这个城市没有一个朋友，让我有急事就来找你。他说，你是个很好的人。”张米粒说。

“朋友？你的那些朋友呢？”我指的是那些被她玩弄过和继续玩弄着的男人。

“你知道，那些男人对我来说已经是过眼云烟。”她显然明白我的意思。

“耀扬也是你过去的男人，你为什么还缠着他？”我趁机讥讽她。

“耀扬他是真心爱我的。”她回应我。

“可是他已经说过不会跟你在一起了。”我说。

“那是因为他怕我再次抛弃他，而我认为，我不会再抛弃他了。”张米粒一口气说了两个“抛弃”，这两个“抛弃”让我听起来是那么的不顺耳。

“那你来找我干什么？”我的烦躁开始写在脸上了。

“耀扬不是说你很好，会帮我吗？”这个女人此时看起来又是那么的楚楚可怜。

“什么事？你说吧。”看在耀扬说我是个好人的情面上，我耐着性子问她。

“你知道，我一直和父母关系不好，现在得搬出来住。但是我一个人，那么多东西……”

“你是说，让我帮你搬家？”我紧皱起眉头。

她点了点头。

“我又不是搬运工。我帮你出钱请搬家公司吧，我哪搬得了。”我脱口而出。我胡平凡除了挣钱和花钱，没什么别的能耐。

“不是。你也是女孩子，你知道，光是我那些从巴黎带回来的化妆品就叮叮当当的几袋子，这些只有我们女孩子才知道怎么清理。”张米粒不紧不慢地说。

巴黎？我白了她一眼，我真想说你还好意思提巴黎。

就因为耀扬说了一句我是好人，我就得带着我的柳叶眉、小蛮腰去给我最讨厌的女人张米粒搬东西。

如果有一天，耀扬说胡平凡，你这么一个没意思的人还活着占地干吗？估计我准得一头栽进东湖里，以身殉情，鞠躬尽瘁，死而后已。

悼词我都已经想好了：胡平凡同志的一生，生得卑微，死得壮烈。

我极不耐烦地跟在张米粒的身后，拐了一个又一个的胡同。

“究竟到了没有？”我已经很久没走过这么长的路了。

“到了，就这家。”张米粒指着胡同口的那个半木制半青砖结构的老房子，木头已经呈黑色，腐朽得不成样子，砖墙也歪了一片，随时要倒的样子。

“这就是你家？”我完全没想到她这样身上挂满了珠宝首饰的女人，居然出生在这种清贫之家。况且，即使原本家底很薄，以她玩弄男人的手段，也早就把家里建成深宅大院了。

“这真是你家？”我怀疑。

“当然啊。”她回答。

“可是，你早就不应该住这里了啊？”我很直白地继续问道。

“为什么？你是觉得我应该会有很多钱对吗？男人给的钱毕竟不

是我自己赚的，花起来不心疼，难道还存得住？”张米粒不以为然地回答。

“可是，像你这样的人，至少也买得起房子、车子什么的吧。”

“不瞒你说，去年年底，耀扬想送我一套房子，但是我没要。”

“耀扬？房子？”

“是的，耀扬跟我认识一年，也来过我家，他在电话里跟我说他也理解我为什么要跟那个男人去巴黎。你知道，耀扬一直过着富足的生活。我从小过的日子，他不敢想象。”

“可是，你为什么不接受？还离开耀扬去了巴黎？”我彻底糊涂了，糊涂中满怀着酸酸的嫉妒。

“我爱上了那个要带我去巴黎的男人。既然我抛弃了耀扬，就不能接受他那么贵重的东西。可是，那个老男人很快就在巴黎抛弃了我。”张米粒语气平淡极了，仿佛在说别人的事情。

“所以你回来找耀扬？”我恢复了对她的鄙视。

“平凡，这几年跟无数个男人交往过的经历告诉我：女人，不能找自己最爱的人，要找最爱自己的人。”

这话听起来一点也不新鲜，我甚至十分讨厌她说的这句话。

她的意思是说，耀扬是最爱她的人。而我，是最爱耀扬的人。

我找耀扬是愚蠢，而她找耀扬是天经地义的。老天，按她的逻辑，耀扬不是应该找我这个深爱他的人才对啊。

哦，不，她说的是女人，耀扬是男人，我这么一个如花似玉的妙龄女孩陷入对耀扬的单相思里不能自拔，而人家，却已经迈着大步准备去享用耀扬的爱一辈子了。想想，同为女人，我真有点丢人。

“爱情是会变的，没有谁一定会忠贞不渝爱谁一辈子。还有，张米粒，你以后别叫我平凡，叫我胡平凡。”我怒火中烧。

但是，发完怒火之后我还得像个丫鬟似的帮张米粒把一大堆私人用品堆在的士车上，帮她一起搬进了她的新家。在米兰阁租的一套两室一厅的房子里。

一个单身女子，住这样的房子，显然是足够了。当然，也许在不久的将来，这里会陆续搬进搬出一些陌生男子。

张米粒显然没有摆正我和她的关系，偶尔还会打电话给我约我去喝茶，或者去美容院做美容。

喝茶，我去过一两次，纯属礼节。美容院我是不会去的，我固执地认为那是容颜将老的女人去做的自欺欺人的事，我从来就不认为女人能留得住岁月。

“胡平凡，你知道耀扬去哪里了吗？”这一天的清晨，张米粒在电话里问我。

“你居然不知道他去了哪里？他不是什么都跟你说吗？”我在得意中判断她是在说真话还是耍我。

“我真的不知道，他说他要去外地一段时间，没说去哪里。他的手机也一直关机。”张米粒说。

“是吗？”我想起我帮张米粒搬家的那天下午，耀扬给我发来的信息，告诉我他在那边的新号码。

“我不太清楚。”

我挂掉了电话，像一只袋鼠一样在沙发上开心地跳上跳下。

耀扬没告诉张米粒就去了南山，到了南山也没告诉她自己去了哪里，天下怎么会有这样的大喜事。我笑得嘴巴都要脱臼了。

夜晚的时候，我给耀扬发了条信息。

“耀扬，天越来越冷了，山区那边下雪了吗？”

明治的节目收听率越来越高，城市很多上班族也开始在夜晚收听他的节目。

这得益于小漫给他的爱情滋润。

小漫担任编导的情感真人秀节目也取得了很大的成功。

这得益于明治的竭力推荐以及她自身具备的潜质。

我为此欣喜不已。

11 月的 C 城很是清冷，当然，寒风吹在脸上还是没有在哈市的那种刺骨的感觉。我穿着厚厚的米色大毛衣，走在茉莉咖啡店门口的大街上。我在茉莉咖啡店的门口做了短暂的停留，回想着那天耀扬开着车来接我的情景。

手机适时响起，是耀扬的短信。

“平凡，前几天收到你的短信，一直没顾得上回。你还好吗？”

“我很好，我在茉莉咖啡店的门口。”我回了信息。

“茉莉咖啡店？你是要和朋友一起过平安夜吗？”

“平安夜？”这三个字在瞬间把我击倒。

在 C 城，我是一个不折不扣的时尚女青年，然而，我极少过西方诸如圣诞节之类的矫情节日。很多大大小小的节日里，我都是独自待在公寓里蒙着被子度过的。

我翻了翻手机里的日历，明天就是圣诞节了。我最近每天喝酒喝得云里雾里，都不知道今夕何夕了。

这么说，就是在一年前的今天，耀扬和张米粒在C城一见钟情。

我站在茉莉咖啡店的门口，看着鱼贯而出的男女，心如刀割。

“胡平凡。”又有人在叫我。有老人教过我们，听见陌生的声音叫你，千万别回头，怕被美女蛇附体。

我还是回了头，我怕什么，我自己就是美女蛇，要附也是我附别人的体。

我看见，在我的对面，耀扬停过车的地方，张米粒挺着大胸款款而至。

张米粒，你真是阴魂不散，C城不小，我怎么在哪儿都能遇上你。这里和米兰阁可是隔着四五条街道。我暗暗跺脚。

“平凡，这么巧，你也来茉莉咖啡店？”张米粒风情万种。

“没有，我只是路过。”我抱着包转身欲走。

“平凡，好不容易遇上了，还是进去喝一杯咖啡吧。这家咖啡店很不错，是我的一个朋友开的。没在这家咖啡店喝过咖啡的人，可算不上C城的品位人士噢。”张米粒拉着我的手。

你风情万种，我怎么着也得表现出气度不俗吧？尽管我是多么不情愿，我还是跟着她进去了。

最关键的是，我好像听耀扬说过，他认识这里的老板。对他的朋友我当然也有些好奇。

我跟着张米粒走进去。走上二楼，是一条长长的画廊，两旁挂着很多艺术作品。我对绘画这种艺术是完全不懂的，我只是能看得出，这些艺术作品的主题都是有关茉莉的。有抽象的茉莉，也有山水的茉莉，有养在吊盆里的茉莉，也有开在深山里的茉莉。

走过这条长廊，在墙角坐下，我才发现，每张桌子的上方，都用很多白色的藤条挂着一盆用营养油养着的小株茉莉，跟我家里阳台上养的一模一样。

“我终于明白这里为什么叫茉莉咖啡店了。”我这话听起来并不是那么高明或者有创意，却是由衷的感叹。

“茉莉咖啡店，是全C城最有品位的咖啡店，你竟然没来过？”张米粒的语气显然不是一般的夸张。

茉莉咖啡店，我路过无数次，却从来没有进来过，尽管这是C城有品位的时尚男女们聚会首选的奢华会所。它是会员制的，一张会员卡至少预存五万，所以，即使我经常路过，也从来没有进去过。电视天天在放着这家店的宣传片。据说老板是C城有名的钻石王老五，他开这家店，纯属玩一票。

我承认我承担不起这么高的消费，但是，张米粒居然跟我谈品位？这让我很是不爽，当然，仔细想想，张米粒她完全可以跟我谈品位，因为在一年前的今天，她和耀扬一见钟情。

“一会儿我介绍个朋友给你认识，他叫简亦平，就是这儿的老板。”张米粒骄傲地说。

“简亦平？你的新猎物吗？”我搅动着咖啡，对简亦平这个名字都有了最原始的轻蔑。

“平凡，你错了，在我认识的众多男人当中，简亦平是唯一和我有着正大光明朋友关系的人。”

“是吗，有这样的男人愿意跟你这样的女人保持正大光明的关系吗？”

“当然，他是与众不同的男人。”

“既然这样，你干吗不就地取材，何必去找耀扬？更何况据说他还是C城很有名的钻石王老五。耀扬也是王老五，但是不带钻的。”我继续嘲笑她。

“平凡，即使是我这样的女人，也需要一个真心待我的朋友。同性没有，异性有这么一个，我也很知足。”张米粒忽略了我的嘲笑。

“对了，去年的今天，你在哪里？”我终于按捺不住好奇。

我想知道她和耀扬一见钟情的地方，我发誓将在那个地方吐上一天一夜的唾沫，让素质那玩意儿见鬼去吧。

“你是说去年的平安夜吗？”张米粒问道。

“当然，你明知故问。”

“我在家门口的胡同里。”张米粒晃了晃神。

“你是说你在胡同里和耀扬一见钟情？”我皱起了眉头。

“那一天，我和父母吵架，背着大大的箱子，坐在胡同门口哭。那时候耀扬还没有车。他经过我身边的时候，正是我哭声震天的时候。”张米粒眼神迷离。

“等等，你是说去年的今天，你在胡同口大声地哭？你去年多大了？”我觉得不可思议。

“你知道的，二十三岁。但是平凡，哭跟年龄是没有关系的，就算是到了三十几岁，难过的时候，我一样会在大街上失声痛哭。”张米粒说。

“好，然后呢，耀扬停了下来？”我略过她的矫情，我只关心跟耀扬有关的每一个细节。

“是的，他本来走了很远的，但又回过头来。他就这样看着我，又看看我身后那凌乱不堪的家，一直没有说话。”张米粒显然在回忆耀扬那天的样子。

“然后呢？”

“然后，我就站起来，跟他说，你带我走吧，离开这里。”

“可是，那时候，你已经有了同居男友。”我说。

“你知道的，他出现在那个节点上，就算不是他，任何一个男人，只要眼神里对我流露出同情，我都会跟他走的。因为那一刻的我，实在太绝望。”张米粒说。

“后来耀扬说那天我说这话的时候，眼角正好有两滴眼泪轻轻滑过，他听到了眼泪落地的声音。那一天，地上还有积雪，橱窗里在放着圣诞歌。”张米粒整个人都陷入了迷离中。

“于是，他就爱上了我，你知道他有多爱我吗？即使知道我和别的男人睡在一起，他都在楼下痛苦地等我醒悟：我此生不可能再碰到如此深情的男人。”她陶醉地补充道。

“够了，张米粒，别说了。你们的故事低俗至极，俗不可耐。”我愤然地拍了一下桌子。桌上的咖啡杯滚落在地上，发出刺耳的声响。

张米粒一脸愕然。

“你们怎么了？”一个男人跑了过来，我知道他是想叫我不要大声喧哗，我在酒馆里经常因为喝多了酒拍桌子而被邻桌的客人投诉。我知道一会儿服务员会让我赔杯子，我也会痛痛快快地赔偿。

“我知道了，我刚才是不小心，砸坏什么我赔，你别烦我了，走开，走开。”我朝着这个男人不耐烦地摆手。

“平凡，这是简亦平。”张米粒一脸尴尬地站了起来。

简亦平？那个在张米粒眼里不折不扣的正人君子？我也尴尬地站了起来。

“简亦平，对不起，这是胡平凡。”张米粒很快就恢复了神色，举止优雅地介绍了我。

“胡平凡？很特别的名字。”简亦平怔怔地看了我很久，看得我一阵发怵。缓了缓，他在我们身边坐了下来。

“米粒，你还好吗？什么时候从巴黎回来的？”简亦平把头转向张米粒。

“我回来的时候就来找过你，可店员说你去了香港。”

“是的，我刚从香港回到 C 城。我一直以为你还在巴黎，我本来准备 12 月底去巴黎，顺便去看你。”简亦平的音色很好听，醇厚的小提琴的声音。

我傻傻地看着他们一问一答，想找个他们谈话的空隙，起身告辞。但关键的时刻，张米粒的手机却响了起来。张米粒走出长廊，去接电话。

后来，我才知道，那天，在茉莉咖啡店，给张米粒打电话的是远在山区的耀扬。他之所以没有告诉张米粒自己的行踪及新换的电话，就是因为想忘记她，想彻底了断和这个用情不专的女人的关系。可事实上却是，他在他们相爱的纪念日里，却怎么也控制不住自己，鬼使神差地再一次与她联系。

很多事情，轮到我知道的时候，总是在后来，或者是后来的后来。

张米粒去接电话的时候，我和简亦平相对而坐。

“平凡小姐，你应该是一个性情清冷的女子。”简亦平微笑地看着我。

“怎么看出来的？”我想说的是我刚刚明明还拍了桌子，我的性格一点也不清冷，我很火暴。

当然，简亦平叫我平凡小姐的时候，我一点也不觉得恶心，这展示的是他在西方国家生活多年的礼仪。简亦平虽然看起来也四十岁左右了，但干净儒雅、气度不凡，如果不是这样，他也开不出这么有品位的咖啡店。

“我在茉莉咖啡店没有见过像你这样清冷气质的女孩。”他说。

“气质在一定程度上代表了一个人的性情，我是说，你有茉莉的气质。对了，‘胡平凡’是你的真名吗？”他问。

“当然，用了二十二年的名字。”我回答。

“漂亮小姐可不能随便透露自己的年龄噢。”简亦平若有所思地微笑着。

“你是说你今年二十二岁？”简亦平像是突然想起了什么，继而问。

“你才说漂亮小姐的年龄是不能随便透露的。怎么了，有什么问题吗？”我不解地问。

“哦，没什么。”简亦平仍然是若有所思。

C 城在圣诞节后开始下雪。C 城的雪下得一向不痛快，一天飘那么几片，弄得街上的道路很是湿滑。我虽不能经常去逛街，但偶尔却还是会去老城墙脚下散步的。

没有工作的晚上，我还经常会去附近的海纳影城去看电影。都是些清淡的文艺片，有时候，也并没有看进去，就当是在电影院坐坐。

我做这一切，并不是打发时间。我已经明白，对于二十来岁的我来说时间是打发不完的。此时刚去，彼时即来。我只是喜欢那样的环境，大家坐在那里，什么也不说，一心一意只管盯着屏幕。屏幕里的人有时候哭、有时候笑，活得很精彩、很热烈的样子，让人不会觉得那么孤独。

那一天，我在海纳影城看完一部电影，被门口玻璃框里挂着的大幅新片宣传海报吸引住了。

海报的主题是一个纤细的小女孩，站在废墟边歇斯底里地叫喊。她的叫喊当然是没有声音的，只有画面。但我的心突然就被触痛了。那是燃烧过后的废墟，幽远的天空中还有未来得及消散的浓烟。女孩的脸上，是绝世的惶恐。

似曾相识的场景居然也会在电影里出现，我突然就感觉到了钻心般的疼痛。

我黯然转身，不想茉莉咖啡店的老板简亦平，正站在我的身后，怔怔地看着我。

“你，也来看电影？”我有些尴尬，因为我知道我黯然转身的时候，表情肯定甚是忧伤，眼睛里甚至还泛着泪花。

“对，刚看完。”简亦平的脸上带着善意的微笑。

“哦，真巧。”我说。

“这么大的玻璃框，这么亮的光，你站在这里，甚是醒目。”

简亦平看了看海报，又看了看我，他在强调，他遇见我的必然性。

“你要是没什么事，就随我去咖啡店坐坐吧。”简亦平说。

我显然也不想回到那个寂寥的单身公寓，随便到哪里坐坐也是好的，于是就答应了。

茉莉咖啡店的人除了服务员，其他客人都不知道简亦平是这里的老板。尽管 C 城的上流社会，都在流传简亦平是这个城市最有魅力的男人。

“你的咖啡店很有特色，我喜欢那条长长的画廊。”我这句话没有丝毫恭维他的意思，我从不恭维男人。

“你喜欢那些画吗？那是我在不同的国家、不同的城市所看到的不同的茉莉。于是就把它们画下来了。”

我和简亦平凡走到长廊上。

“可是，那你，难道你是画家？”我好奇地问。

“当然不是，我画画完全跟艺术无关，在那些专业的画家看来，它们毫无艺术价值。我纯粹是自娱自乐，少年时期学过而已。”

“可是，在我看来，所有有关美的东西都是艺术。看着这些茉莉，我仿佛能闻见它们的芳香。”我在长廊上走来走去，享受着这里的每一朵茉莉：它们有的在竞相开放，有的在独自颓败。

“平凡，你真的很不平凡。”简亦平看了我很久，直到我走出画廊。

我原本不喜欢结识生人，因为有一天结识也就意味着有一天会离散。

可是，天不遂人愿。我因为叶灿而结识了耀扬，因为耀扬而结识了张米粒，又因为张米粒而结识了简亦平。我只能说，人也是生物，我是生物链里最普通的一环，我逃脱不了自然万物的纠葛。

第四章

/

双双恋情公布

明治红了，红得天翻地覆。

我在上班的路上和下班的途中都会听到车上、马路上有人在议论明治。

听小漫讲，每天晚上明治主持完节目，离开电台的时候，经常会有一些女子在门口等他。

而明治，一如既往地爱着小漫。

小漫很是开心，她不止一次地跟我说："平凡，你知道吗？现在和我在一起的是让无数 C 城女人迷恋的男人，我太幸福了。"

"太好了，你终于找到了你爱的男人。"

“可是平凡，我根本就不知道明治是不是我爱的男人，我只知道，我现在觉得很幸福。”

“那就对了，觉得很幸福，那不是爱是什么？”

“小漫，无论怎样，你一定要好好对明治，他是这个世上不可多得的好男人。”小漫走的时候，我没忘记嘱咐她。

耀扬在山区竞标成功。在一个华灯初上的夜晚，他回到了C城。

耀扬回C城的第一条信息发给了我，我请他到家里来。

如果没记错的话，我已经二十三天没见到耀扬了。虽然是冬天，没有日晒，但耀扬的皮肤显然又黑了一点，人也瘦了一圈。

“耀扬，C城做工程利润更高，你为什么还要去那么偏远的地方竞标？”

我给耀扬端来鲜榨的芒果汁，不解地问他。

“八个小时的车程，你觉得远吗？”耀扬反问我。

“当然，难道不远吗？”我继而反问道。

我很白痴，人与人是不一样的，所以对远近距离的判断当然是不一样的。

“平凡，米粒她搬家了是吗？”

“是的，搬了。”我自以为聪明，没告诉他是米兰阁。

“米兰阁，离这里不远吧？”耀扬若有所思。

“可是，她不是说你去哪儿了都没告诉她吗？你怎么知道她搬去米兰阁了？”

“平安夜那天，我打电话给她了。你知道，她一个人。”

耀扬看着漆黑一片的窗外。

她一个人，可是，耀扬，我也是一个人。

关键在于，我们没有共同的平安夜。

我话到嘴边，吞了回去。

我不太善于在男人面前矫情，即使是耀扬。

“你把我当成朋友，也帮了米粒。她说，你帮她搬了家。”耀扬在感激我，当然，是在我对张米粒好的基础上，我们谈话的主题也始终离不开张米粒。

我把头埋进了茉莉花丛里，这样，我那若隐若现的眼泪正好可以滴在养茉莉的清花瓷盆里。

“平凡，能认识你真好。我第一次发现，明媚的女孩居然也这么好看。”

这好像是他第一次夸我。

此时，窗外夜色深沉。

C 城有了耀扬，连雪也下得痛快起来了。清晨，我送耀扬出门的时候，地上已经铺了一层雪。耀扬穿着黑色的大衣，围着浅色格子围巾，背影看起来是那么疲惫。

“耀扬。”在他上车前，我喊了他一声，天气太冷，舌头打结，他好像没听见。

我只是想告诉他：耀扬，你的头发太长了，我陪你去剪掉好吗？

但因为他没有回头，我也没有勇气再叫他。

因为下雪，老男人们都怕冷，不太愿意出门。主要是这样的天气，我们这些女人都穿着厚厚的毛衣加大衣，他们的眼睛没有被滋润的机会。

所以，我也清闲了很多。每天上下班我都把手机紧紧地握在手上，生怕因为自己一次不小心的分神而听不到耀扬打来的电话。

几天过去了，耀扬的电话没等到，却等到了简亦平的电话。

“平凡，你在哪里？我们可以见一面吗？”听到简亦平的声音，我有着明显的失望。

“我，现在在城西，离你那边很远。”我撒了谎，此刻的我正在下班回家的路上，我接电话的空隙，茉莉咖啡店在我左眼的余光里一闪而过。

“没关系，我来接你吧，在城西哪里？”简亦平的语气让我觉得，即使我现在哈市，他也一样会跑过来接我，义无反顾。

“可是，我……”我顿时语塞。

“怎么了，平凡，你不方便吗？”简亦平问道。

“没有，还是我自己过来吧。我打车，也还快。”我支吾着。

“那好，那你要小心。叫司机把车开慢点，我在店里等你。”

我下了车，在离茉莉咖啡店不远的大街上溜达，估计着从城西打车到这边大概需要的时间。

过了好一会儿，我才往茉莉咖啡店迈开步子。

我穿的还是去哈市之前穿的那件黑色排扣风衣，披着碎碎的直发，茉莉咖啡店的玻璃门上，映衬着我孤独的身影。

不知道是不是简亦平的特意吩咐，服务小姐居然认得我，直接就把我带到了二楼尽头的包间。我拉开包间的垂帘，见到两个正谈笑风生的男人。一个是简亦平，一个是我日夜思念的耀扬。

我的身体下意识地向后倒退了一步。简亦平先站了起来，耀扬也站了起来。

“你是说，你约的朋友是平凡？”耀扬诧异地看着简亦平。

“是啊，你们认识吗？来，平凡，快过来坐下。”简亦平接过我的包，把它挂在被白蜡浸染得十分光滑的木桩挂物架上。我们三人，各坐一方。

“我差点忘了，平凡和米粒是朋友，你们当然认识，这真是太好了。”简亦平很开心。

“我们认识，但并不是通过张米粒认识的。”我语气冰冷地纠正他的推想。

“怎么认识的不要紧，关键是大家都是朋友那就太好了。今天耀扬和米粒重修旧好，我们一起为他们庆祝。”简亦平道。

“重修旧好？”我盯着耀扬把这几个字重复了一遍。

“是啊，平凡，这是多么好的事情，难道你不觉得吗？”简亦平显然是非常真心地为他的两个朋友感到开心。

“当然，确实太不容易了。”我故意摆出云淡风轻的笑容。

“平凡，我去拿一瓶茉莉酱给你尝尝吧，巴黎那边的厨房新酿的，很不错。”简亦平说。

“太好了。”我脱口而出。我的意思是他能离开一会儿太好了，他显然没听出弦外之音。

我没问耀扬为什么和简亦平认识，随便想想，他和张米粒是痴心爱人，张米粒和简亦平是红颜知己，这还用问吗?

“恭喜你啊！不是说不敢再和她在一起了吗？怎么就想通了？”我看着耀扬，他没看我。

“其实我去山区就是为了忘记她，可天不遂人愿。”耀扬好像有些无奈。

“天不遂人愿？你们现在都在一起了，我倒觉得天挺遂你愿的。”我冷笑。

耀扬没有说话。

“你对张米粒的爱真是苍天可鉴。”我讽刺道。

“平凡，你不明白，米粒跟你不一样，她没有优越的家境，生活一直过得不如意，除了我，没人可以照顾她。”耀扬一副苦大仇深的样子。

“爱就是爱，你别把爱说成同情。你对她的爱真让人感动。”我哀哀地说，事实上，我满怀着愤怒和嫉妒，却没有丝毫的理由发泄出来。

我只好继续冷笑，这样的时候，冷笑成为我保护自己的唯一武器。耀扬还是没有回应，他说话太懂得如何收放了，总是让你怨不起来也恨不起来。

我们就这样沉默着。

简亦平取了茉莉酱回来，茉莉酱装在一个心形的水晶球里。

“真漂亮。”我由衷感叹。

“当然。平凡，你可以拿来做沙拉淋在水果里。”

我用手抱着这个漂亮的水晶球，简亦平很满足地看着我。

耀扬偶尔看一下我们，偶尔看一下进门的地方，直至张米粒飘然而至。张米粒太懂得如何发挥她那对大胸的优势了，可以说，她的身材，要是没有这对大胸来支撑，简直就是一无所有。而有了这对大胸，却近乎完美。

“不好意思，简亦平，我来晚了。耀扬，你怎么不到楼下来接我一下啊。”张米粒娇滴滴地与两位男士打招呼。

“哟，平凡也在啊。耀扬，平凡果然是个好女孩，帮了我不少忙。你看你，以前还故意让她冒充你的女友，你也太不仗义了。平凡这么好的女孩，你还要让她冒牌，叫我怎么说你好呢。”

张米粒笑盈盈地拉过我的手，我这个冒牌货把手缩了回去，继续拿着桌上的茉莉酱，尴尬地摆弄起来。

“米粒，你刚搬到米兰阁，还缺少什么东西吗？”耀扬问道。

“别的不缺了，就缺你这个人，你说你什么时候搬过去？”张米粒的媚眼派上了用场。

“不好意思噢，平凡，我们都是朋友了，说话我也就随便了啊。恋人之间的甜蜜是控制不住的，你千万别介意啊。”张米粒又回头看看我。

“没关系，你们爱说什么尽管随便吧！亦平，你能陪我出去走走吗？”我站了起来。

简亦平显然是受宠若惊，这是我第一次这么亲热地叫他。没想到的是，这个四十岁的男人受宠若惊的样子那么可爱。当然，简亦平不是个普通的四十岁男人，他是风度翩翩的钻石王老五，爱慕他的女人千千万万，他的气质大概就是从中修炼出来的。我知道他对我有好感，所以我才敢这么放肆。

“当然。平凡，我太荣幸了。”他说。

我挽着他的手臂，跟眼前这对让我气得眼睛发白的男女说再见。

我用眼角的余光观察耀扬的表情。看到我和简亦平很亲热的样子，他显然很吃惊。我愿意把他这份吃惊的表情理解成妒忌或者是悔不当初。

“可是，简亦平，难道，你和平凡？”让我没想到的是，比耀扬更吃惊的是张米粒，她站了起来，一脸惊诧。

“是的，简亦平他喜欢我，我刚刚才发现，我也喜欢上了他。”我抢过了话，我管不了简亦平会不会介意我这样说。

“简亦平，你不是说你太难爱上一个女人吗？你们？”张米粒皱起眉头的样子真是难看至极。

“张米粒，简亦平说他很难爱上一个女人，不代表他不会爱上一个女人。我胡平凡是谁？这个世界只有一个胡平凡。”我又抢过了话。

我像古罗马神勇的角斗士一样挽着简亦平，高昂着头，离开了。

有没有打击到耀扬我不知道，但张米粒显然是被气得脸色发青。

我的身边，是简亦平。我们站在C城最大的马路六一大道上，我像一个受尽委屈的孩子一样靠在他的肩膀上。

“简亦平，你爱我吗？”我把眼泪洒在他的后背上。

“平凡，我说过，你有茉莉的气质。我对你一见钟情。”简亦平抱紧了我。

“一见钟情？简亦平，我不喜欢一见钟情，从来就不喜欢。以后，你要说你是慢慢地，经过了亘古的岁月变迁才爱上我的，好吗？”我哭着说。

不得不承认，这年头的人都疯了：两个盲人都有可能在C城的大街小巷里一见钟情。

回来后，我躺在床上浑浑噩噩地睡着了。我记不清我睡了多久，只知道，在梦里，我一个人走在陌生崎岖的山路上，翻过了一座又一座白雾笼罩的大山。我爬了很久很久，但那条山路却始终曲折得没有尽头。我朝着茫茫深谷叫喊，只听到自己的声音坠入深渊，却没有回响。我开始踩着荆棘在山路上疯狂奔跑，伴着骤然而降的滂沱大雨。

耀扬的电话把我惊醒了。我用手拂开了沾满冰凉汗水的细柔的头发，心里竟然升起一种重返人间的壮阔波澜感。

“平凡，从昨晚开始，你的手机一直关机，整整一天一夜了。”听得出来他有些心急。

“有什么事你就说吧。”我尽量控制自己。我不明白他既然那么高调地和张米粒重修旧好，又来找我干什么。难道他就一丝一毫都没有感受到我的爱、我的寥落、我的绝望？

“平凡，是这样的，米粒……”耀扬的嘴里马上就吐出了张米粒的名字。

“等等，耀扬，你别在我面前提张米粒。我已经受够了，我承认，我贱，我是一个不折不扣的大傻子、小贱人。我自己爱得死去活来的人对自己的前女友爱得死去活来，我还得点头哈腰地围着这个我爱得死去活来的男人和这个男人爱得死去活来的女人团团转。耀扬，张米粒她是你的张米粒，你爱死也好，爱疯也好，跟我毫无关系。你不要动不动就跟我米粒长米粒短，你最好从我的世界里消失，我就当从来都没认识过你。”

我扔掉了电话，一瞬间就不记得自己刚说了些什么，只记得说了无数个死去活来，于是，我真趴在床上哭得死去活来。

这份感情像一块重重的石头，把我压得喘不过气来。

哭累了，我打开手机拨了电话给小漫，我唯一的好朋友。

“小漫。”听到这个名字我的眼泪又是稀里哗啦。小漫根本就不知道这几个月来在我的身上发生了多少曲折离奇的故事。

“平凡，太好了，我正要找你呢。平凡你太酷了，真不愧是我乔小漫的姐妹。”听得出来小漫在工作，我听见敲键盘的声音。

“小漫，你说什么？什么太好了？”我抹干眼泪掐了掐额头，因为睡久了，头很痛。

“平凡，我这阵子实在太忙了，没跟你联系。发生了这么好的事，你早就得跟我联系啊。”小漫兴奋不已。

“你到底说什么啊？”我烦透了，想撂电话了。

“得了吧平凡，还瞒我？你跟那钻石王老五的照片都已经登报了，你们俩在六一大街上拥抱的姿势，真够经典的啊。”

“什么？你说什么小漫？我们，怎么可能登报？我和他，明明就是两个普通人。”我疑惑不解。

“好了平凡，我下了班带报纸到你家来。还有一个小时就五点半，你等我啊，我们见面说。”

小漫匆匆挂掉了电话。

我猛然爬了起来，镜子里面的我披头散发，顶着两个重得吓人的黑眼圈：一个十足的疯子。

快六点的时候，门铃响了，我知道，是小漫。当我拖着疲惫的步子去开门的时候，小漫被吓了一大跳。

“胡平凡，你到底是人还是鬼啊，怎么把自己糟蹋成这样啊？”

“要真变成鬼倒好了。”我跑回到沙发上，躺在那里像具僵尸。小漫把我拖起来，我看到了那张报纸——《城市新报》的娱乐版。我和简亦平拥抱的照片被无限放大，看得出来，他们巴不得把整张报纸都印上我和简亦平拥抱的照片。

照片的背景是六一大街上一排落尽了叶子光着枝丫的香樟。

照片拍得很是唯美，给了我们的侧面，看起来，我的表情是那样的我见犹怜。

“小漫，我要疯掉了！简亦平他不就是茉莉咖啡店的老板吗？他再是钻石王老五，C 城这么多比他有钱的人，难道连私生活都要上报纸？再弄弄岂不是要上电视？怎么不上天呢！这样子一弄我以后还怎么工作，怎么去骗老男人的钱！”我抓狂道。

“平凡，看样子你是真不知道啊。简亦平今年四十岁不到，长得怎么样就不用说了，但据说背景很有来头。他父亲，你知道吗，他父亲在九十年代的 C 城是地产界大亨，你家以前住的那什么破公寓，那都是他爸的产业。就算是现在，他们家在这里的房产也是数不胜数的。简亦平，C 城的社交圈，谁不知道他的大名，这还是次要的。最关键的是，有个歌星，就是那个唱《那时花开》的那个，据说是她的绯闻女友，叫心子。所以你看，这个标题劲爆吧——著名歌手的富商男友疑似劈腿——但是据我今天跟台里同事打探，其实是心子单相思，追了他五年，青春散尽都没追到手。心子多红啊！她的男人你都能抢到手！胡平凡，你可真有一手。”

小漫噼里啪啦地像在给我讲了一本小说，我显然被这个故事惊到了，眼睛瞪得涨痛。我真没想到简亦平还有这样的来头。我居然把他当成了一个友情客串的小角色狠狠地涮了一把。

“可是，你也不至于兴奋成这样吧。”看着小漫那兴奋样，我倒是冷静了许多，收回了惊诧。

“平凡，你不知道，我们最近正在录这个歌星的访谈节目，你可真是帮了我大忙了。闹这么大一噱头，那歌星在节目里哭得可动情了。平凡，以后你和他有什么动向随时要向我报料啊，我们栏目要抢头条。”小漫陶醉不已。

我不打算理她了，绝望地倒回沙发上。

“我知道，你不爱他是吗？你爱的是耀扬。”小漫总算正常了，恢复到她以前做爱情专家时的样子。

“爱情真他妈的没意思。无非就是你爱他，他爱她，她又不爱他，净是这些乱七八糟的东西。”

我真累了。

“算了吧，瞧你这一副苦大仇深的样子。话说回来，你也不是那种贪图钱财的人，我觉得，你能遇到自己爱的人，这太不容易了。无论简亦平有多优秀，你要是真觉得没意思，还是离开他去追寻真爱吧。”小漫的话符合她的个性，她就是追求真爱路上的喋血勇士。

“事情远没有你想象的那样简单。”我深深叹了一口气。

小漫也倒在沙发的另一头陷入了沉思，报纸被风吹得在房间里四处飞扬。

我平时寂寞无望的手机今天异常繁忙，又有电话进来。

是我在一个小时前说要跟他绝交的耀扬。

“平凡，我二十分钟后到你那里，到了我们再谈。”耀扬说完后挂掉了电话。我知道，只要是有关张米粒的事他从来都是鞠躬尽瘁，他甚至可以在我的辱骂中放弃他原本很看重的尊严。

我把小漫打发走了，我不想让她看见我和耀扬争吵的情景，不想让她看到我是一个不折不扣的大傻瓜。

我就是一个把自己装在套子里的人，一直就是这样。

小漫临走前还顺手拿走我最新的一张搔首弄姿的照片，说在做那个叫心子的歌手访谈后期节目时或许用得着。

我追到楼梯口对她一阵吼叫：“乔小漫，你要是敢把我的照片公布出去，我就跟你拼了。”

小漫看着我，丢掉了照片撒腿就跑了。

耀扬来了，他坐在我的面前，一张脸憔悴不堪。

“你不是和张米粒和好了吗？怎么还是一副苦相？”我没好气地说。

“平凡，对不起。”

“行了，别讲了，我不想讲这个。爱情这事本来就是你情我愿才行的，再说了，我胡平凡找个男朋友还不容易，我刚说的你可别放心上。”我死要面子地撑着。

“平凡，我是来跟你道别的。我要去南山了，那边的工程马上就要开工了，可是米粒……”耀扬还是继续提张米粒，我发的火没一点用。

“说吧，张米粒她出了什么事情，是不是要我舍生取义？你是要胳膊还是要腿，还是要人头，你都可以拿去。”我无奈地叹息。

“我只是希望你有空多陪陪她，带她跟你的朋友们多玩玩，散散心。”耀扬满脸忧愁地说。

“朋友？我自己都没朋友，谁来陪我散心去！”我哈哈地大声苦笑起来，笑得房间里回声荡荡。

“耀扬，你当我是什么人了？凭什么要我照顾她，我又不是她老妈子。”我对他吼道。

听了我的话，耀扬的脸上浮现出一种不知如何是好的尴尬。我真受不了他那种带着沧桑劲的尴尬。

“我尽力吧。”过了一会儿，这四个字从我嘴里不受控制地吐了出来。

我太没有出息了！

我真是烦透了，这么多年，我自生自灭，谁管过我？！她张米粒就是比我命好，什么都可以没有，只要有好男人死心塌地、人神共愤地爱她就行。

第五章

/

听说你要结婚了

耀扬在南山的山区工程开工了，他再一次离开了 C 城。之前他说他之所以去参加南山公路工程的竞标，就是为了让自己忘记张米粒。而现在，他还要回到南山是因为竞标成功，不能说走就走。更关键的是，他想赚更多钱给张米粒用。

耀扬走的时候没有给我打电话，只是发了一条简短的信息：

平凡，以后少喝点酒，再好的酒量也会有醉的时候。

当然，耀扬，我已经醉过了千百回，只不过并不是因为酒。

尽管三年前耀扬在 × 大学的篮球场上微笑的样子，在我的脑海里挥之不去；尽管他在对那群逼我解扣子的老男人说他是我爸时喊破嗓子的声音，还是那样的清晰；尽管我的衣柜里还挂着他那件已经被我洗得泛白的有两个大口袋的外套；尽管我还是经常会看地方台有关那条公路修建的进程新闻……但是，我已没有勇气再和他联系了。

我不想打扰他的生活。可以想象，他在临行之前，肯定对张米粒有着太多的承诺。这些，界限分明地阻止着我靠近他。但是，我还是会隔三岔五地给张米粒打电话以确认她的死活。我跟她说，有什么需要我做的事情就告诉我。

奇怪的是，那个不折磨别人就过不了日子的寄生虫张米粒却一直没有主动找过我。

周末的时候，我还是会在附近的海纳影城去看电影，闲暇时我也还是会去城西的小山坡上参观桑树湾别墅，不同的是，只要我愿意，简亦平随时都会不厌其烦地陪伴我同行。

是的，我和简亦平越走越近，他经常以各种理由联系我，约我见面。刚开始我还想找各种理由拒绝，但后来我实在懒得费脑细胞，就懒得拒绝了。

直到有一天，我记得是简亦平第三次陪我走在桑树湾别墅的彩石小路上的时候，他抱过了我的肩。

“平凡，你很喜欢这里吗？这里的别墅卖得并不是很好，因为这里濒临东湖，东湖以前是个野生湖泊，周围配套的建设做得还不够完善，并不是很安全，但是，如果你喜欢，我们买一栋好吗？”

“简亦平，你是说——我们？”我突然很害怕简亦平说“我们”这两个字。而且，这两个字一旦跟房子扯上关系，那就有着深不可测的含义。虽然简亦平说过，他想永远跟我在一起，没有人比他更适合照顾我。

简亦平说得没错，他细心体贴，温柔宽宏。每个周末都会驱车到几里以外的公园门口，去给我买小时候父亲经常会买给我的棉花糖，还自作主张地给我买手套、袜子之类的小东西，都是很可爱、很温暖的那种。

“你是说——我们一起买房子？”我进一步诧异地问道。

“是的，”他点了点头，“当然，平凡，只要你喜欢，就当我送给你一个人的也行。你那边的公寓是小了一点，你就搬来这边住，也比较安静。我可以找个阿姨陪伴你。”他说。

“哈哈，还请阿姨，听起来有种我要被包养了，马上要飞黄腾达了的意思。”我大笑起来。

我记得曾经有个老男人在喝醉酒后对我的人生下过这样的定义：胡平凡，你现在还年轻，但你的年轻也消费不了几年了，你最好的出路就是嫁个好人家，但是，好人家不会要你这种靠喝酒为生的女孩子，所以，你唯一的出路，就是被有钱人包养，多生几个孩子，确保后半生不至于流落街头。

今天看来，那个老男人的预言有点要成真的样子，简亦平这样的男人，要娶我这样的女人，那是不可能的事；就算他愿意，要进入他们这种家族，要过九九八十一道难关。我这种靠喝酒为生的手无寸金的孤儿，恐怕活不过第一集。但包养我，还是有可能的。

“包养？平凡，你说的都是哪儿跟哪儿。”简亦平急了。

我笑得很夸张，越笑越悲凉。

“谢谢你简亦平。我仅仅只是喜欢来这边散步，并不想住在这边，太远了。”我说。

但我还是充满感激地看着眼前这个男人，他对我那种细致体贴的关怀和照顾让我想起了我的父亲。尽管我知道，把一个风华正茂的男子想象成我的父亲是多么不道义的事情。

无数次，见完面，简亦平把我送到公寓楼下的时候，都会充满期待地看着我在十七楼的房间。而我，直到新年快来的时候，才邀请他上去坐坐。

并非我对简亦平有什么顾虑，他绝对不是那种会让人感到不安全的人品，而是我实在是不习惯带陌生男人回家，就像耀扬不习惯睡陌生女人的床一样。

一想到这儿，我突然很可怕地意识到，即使我和简亦平交往已经长达一个多月，但在我的潜意识中还是把他当成陌生人。就如同，无论我是多么的倾尽心囊，耀扬还是把我当陌生人一样。

当然，我于简亦平，张米粒于耀扬，又是完全不同了。

人与人之间是不一样的，这是耀扬一直强调的一句话。

简亦平像参观一件价值不菲的艺术珍品般参观着我的房间，尽管里面摆放的东西都是空有其表，不值一文。

我新买的磨砂玻璃茶几上空，挂着一盏戴着大帽子的吊灯。吊灯是经过我修饰过的，表面糊着的是那张印有我和简亦平照片的报纸，已经被灼热的灯光烧得有些泛黄。

看到那个吊灯，简亦平充满笑意的面容突然黯淡起来，我这才意识到自己有多么的残忍。因为，简亦平一直在说他很感谢那个记者，是他在无意中赠予了我们唯一一张合影。简亦平说他还把那天的报纸用雕花的玻璃镜框框了起来，放在自己的书房里，虽然我并不知真假。

“简亦平，改天有时间的时候，我们去拍照吧。”我轻轻走过去，从后面抱住简亦平。我发现我每一次的眼泪都是落在他的后背上。

简亦平握住我的手，点了点头，没有再说什么。

这一天，简亦平带着我去米兰阁看张米粒。尽管事先他在征求我意见的时候，我坚决摇头说我不去，但在他准备独自前行的时候，我突然改变了主意。

我愿意与他以亲密的男女朋友关系出现在他的好朋友面前，这似乎让他很是高兴。

而在我看来是，因为马上就到新年了，这段时间我一直没有跟她见过面，我想耀扬大概也希望我去看看她吧。

我陪着简亦平，在米兰阁附近的超市给张米粒买了很多东西。简亦平像是要把整个超市的东西都搬给张米粒一样，连维生素之类的东西都买了几大瓶。我跟在后面，提醒他有些东西买的量太多了，很容易过了保质期造成浪费。

由于事先没有电话联系，我们突然出现在米兰阁，还是让张米粒吃惊不小。她显然比我怕冷多了，即使是在家里，还穿着厚厚的羽绒服。走进去后，我们才知道，她住的地方，暖气管道出了问题。

简亦平马上打电话叫人来修，张米粒热情地给他倒了茶，还亲密地挽过他的手臂，却被简亦平很随意地避开了。他把茶随手递给了我，叫我趁热喝掉，别冻着。

因为我和简亦平订了晚上七点多钟看歌剧的票，小坐了一下，我们起身离开米兰阁。简亦平去取车的时候，张米粒跟着我走出了米兰阁的院子。

“胡平凡，简亦平是这个世界上最好的男人，你命真好。”

我转过头去看向她，“这是第一次有人说我命好。不过，难道你不觉得耀扬才是这个世界上最好的男人吗？世界上再没有这么宽容的男人，这你应该比我更清楚。”我说。

这是心里话，耀扬能够接受这个被无数个男人抛弃过的女人，只能说他的胸怀真的像大海，纳入百川，有容乃大。

“我明白，平凡，所有的男人都会离我而去，只有耀扬不会。”张米粒有些凄婉地说。

“那不一定，以你的个性，说不定明天又和别的男人勾搭在一起了。”在张米粒面前，我说话就是这么恶毒。

“不会的。平凡，我知道你很爱耀扬，但还是那句话，女人，要跟最爱自己的人在一起。”

张米粒一边看着简亦平的方向，一边对我说。

“行了，还用你教育我吗？你好好做人就行了。”

我说这话时候的口气好像自己面对的是一个十恶不赦的罪犯。

张米粒显然是有些受不住这样的话，神情黯然地低下了头。

我骄傲地走向了在车上等了我好一会儿的简亦平。我发现在耀扬面前，每次和张米粒的较量，我都输得体无完肤；而自从我跟简亦平在一起以来，与张米粒的每一次斗嘴，都是以我的胜利告终。

但到了最后，我才发现，并不是这么一回事。

诚然，和简亦平在一起的日子，很是轻松，却不自在；很是满足，却做不到心无杂念。

全球气候的不规律变化，居然直接影响到了 C 城。C 城的夏天越来越热，冬天越来越冷，这是气象学家探索到的气候转变规律。地方台的天气预报，说南山那边因为是山区，受的影响更明显，下起了百年不遇的大雪，天寒地冻。

想象着此刻的耀扬正在为他许下的誓言以及他和张米粒未来的幸福生活而做着不懈的努力，我的心就隐隐作痛。

我穿着厚厚的毛皮靴子走在 C 城的大街上，时常因为路滑和走神，摔得人仰马翻。

当简亦平帮我在摔得瘀青的腿上涂药的时候做出了决定，以后叫他的司机每天准时来接我上下班，这样我就不用每天在下了巴士后还要穿过一条长长的街道走回公寓，减少摔跤的可能性。

我却是万般推辞，甚至是宁死不从。

要让他知道我每天的工作地点就是 C 城的大小酒馆，非得让我立马辞掉工作不可。

我是万万不愿意的。

无论怎样，我得靠自己的能力生存，即使是喝酒这样说起来并不光彩的能力。

这些日子，我一直生活在矛盾之中：我期待这寒冷的冬天能早日过去，这样，我就不会在每次看到地方台的天气预报时那么胆战心惊；然而，我又期待这冬天能无限期延长，这样，耀扬就长时间实现不了他和张米粒在一起的幸福生活了。

我自私吧。

C 城的冬天，即使再冷，你也能在街头看见一些为了美丽而挨冻的女郎，在大冬天里穿透肉的丝袜配着短裙出现在写字楼里、马路上、酒吧里，风情万种地摇曳。平时我是不屑于拿自己的身体开玩笑的，可是在我实在找不到什么事情来刺激我的神经的时候，我也开始和天气杠上了。我一件件地减少自己身上衣服的数量，我看它会不会把我冻得清醒一点。

直到有一天，我衣衫单薄地走在老城墙根下，冻得牙梆子咯咯响，被开车经过的简亦平碰到。他满脸责备地把我抱进他开着暖气的车上，但突如其来的温差反而更让我冷得瑟瑟发抖。

“平凡，你才穿了两件衣服？！你没搞错吧！”简亦平皱着眉头。

“我在锻炼呢。”我解释。

“锻炼？外面还飘着雪花呢，你穿着高跟鞋也能锻炼？你是不是不开心？”

“没有，我哪有不开心。”

“平凡，我只要你开心，你明白吗？！你开心的样子，就是千万朵茉莉在我眼前绽放的样子。我所做的一切，都是为了你开心。”

我真是感动了，我不是不想开心，我也不是自己给自己找不开心，可现实的状态就是这样，我觉得要让自己开心比让千万朵茉莉在简亦平面前开放还难。从父亲去世后，发生了那样惨烈的家变，我就不知道开心为何物了，遇到耀扬，短暂开心了一阵子，随即而来的却是更大的绝望。

我其实觉得自己挺不是人的，一方面接受着简亦平的关心，另一方面为了耀扬心碎神伤。虽然我对自己下了不是人的结论，但对简亦平也没有什么愧疚，他喜欢我，我愿意迎合一下他的喜欢，我们就当是彼此人生中偶尔晃过的一颗星辰，相互照耀了彼此，也足够了。

我在地方台的新闻里看到耀扬负责的山区公路才刚刚修了开头的一小段，也就是说，离耀扬回来的日子还遥遥无期。

我不应该对他的回来有所期待，可是，在每一个辗转难眠的深夜，我是那么迫切希望只要一转身就能看到他。

这天，张米粒来茉莉咖啡店找简亦平的时候，简亦平正在咖啡店内侧的小画室里替我作画。我按他的要求从我家阳台上搬来了那盆小茉莉，坐在那儿一动不动给他画，除此之外，他还给我拍了很多照片。

简亦平说，花和动物一样，养着养着就会像极了主人的样子。我正在用力拍他的头，说我要是瘦成我家养的茉莉这样，那还叫女人吗？简亦平说，当然是，别以为只有韵味才代表女人，像茉莉一样纤瘦的女人才有着最美丽的曲线。

张米粒就是这个时候出现在我们面前的，张米粒的胸很大，她显然不是茉莉一样的女人。

“平凡，这么巧，你也在？那么，亦平在这儿继续画画，我们聊会儿吧。”

我跟在张米粒的身后走出来，和她选了一个靠窗的位置坐下。

“你不是找简亦平的吗？和我有什么可聊的？”

“平凡，看起来，你过得真不错。”张米粒满脸羡慕。

“是吗？我过得好你有什么不舒服的吗？”我带着明显的讽刺。

“当然不会，只是，你掠夺了我身边最亲近的人，我对他都只求做朋友，从来不敢奢求太多，你却让他对你欲罢不能，胡平凡，你真的太不平凡了。”

“你是指简亦平吗？张米粒，说实话，我觉得你这人不正常。你自己说了你跟简亦平是纯粹的异性朋友关系，我怎么感觉你在吃醋似的，简亦平他不认识我难道就会一辈子这么单身下去？而且，什么叫欲罢不能，你怎么知道他欲罢，他恨不得天天跟我在一起。”我的无名怒火又上来了。

“没有你，简亦平会不会一辈子单身下去我不知道，但有了你，简亦平开始对婚姻有了无限的憧憬，这我清楚地知道。但我不知道，简亦平究竟看上你哪一点了，说美貌，比你美的多的是；说才华，我也没看出你有什么才华，实在是毫无理由啊。”张米粒好像忽略了我的怒气，说得好像这事实在是困惑她许久了一样。

“张米粒，我哪儿哪儿都不好，那你又有哪一点是好的？你以为这世界上的男人都会像耀扬一样一直围着你转吗？你太自以为是了。”自从认识了张米粒我就没过过一天安生日子，我爱的男人她要，爱我的男人她也眼红。

“平凡，你别生气，我只是觉得，很多东西都是我难以把握的。”她竟然是一脸忧愁。

“张米粒，归根结底，是你的要求太多了。”我讨厌她做这种我见犹怜状。

“平凡，我还是提前跟你说吧，等耀扬负责的路段一竣工，我们就结婚，用不了多久了。”张米粒沉默了一会儿，牙齿缝冒出这样一句话。

“当然，你们迟早要结婚的。”我的这句话就在话赶话的情况下很轻松地从嘴里跳出来了。

事实上，当这句话在空气里沉淀了不到一秒钟，我就呆坐在那里，手脚冰凉。

简亦平和张米粒谈完话，把她送回到米兰阁后，又来接我去吃晚饭。

居然又是卡萨厨房，我真不知道，C 城这么大，我们几经辗转，还是逃脱不出命运安排的五指山。

“你也喜欢吃韩国菜？”我有点不耐烦。

“你喜欢的，我就喜欢。”他说。

“你错了，我从来就不喜欢吃韩国菜，尤其是卡萨厨房的韩国菜。”我说。

“对不起平凡，因为耀扬和米粒跟我推荐过很多次卡萨厨房，所以，我还以为你喜欢。你不喜欢，我们就换一家吧。”简亦平满脸的愧疚。事实上，简亦平陪我来这样普通的饭店吃饭，本来就有些屈尊了，按他的消费档次，不是最气派的云海也是城西的旋转餐厅。尽管从本质上来讲，简亦平并不是一个爱讲排场的人。

“算了，就在这儿吃吧。”我又平静下来了。

“耀扬和张米粒要结婚了你知道吗？”我假装问得很随意。

“知道，今天米粒告诉我了。”

“你觉得他们俩会幸福吗？”

“也许吧，毕竟在一起不容易。”

“那当然，张米粒难得收一回心。”

“关键是耀扬，是这个世上不可多得的好男人。”

“我祝福他们。”

“我自然也是。”

第六章

/

不顾一切跟你去南山

2月了，C 城路上的雪都已经化成了水，往更低的地方流去。季节即将更替，我开始意识到即使再悠长的青春也有消散的时候。

我在报纸上看到一家婚庆公司做的广告，用的新人的照片竟然是张米粒和耀扬的婚纱照。就在曾经刊登过我和简亦平拥抱照片的《城市新报》上，一块比较大的地方，几乎占据了半个版面。

我吓了一跳，不敢相信自己的眼睛。我约简亦平见面，这是我第一次主动约他，他受宠若惊。

我把报纸递给他看："简亦平，你说张米粒怎么会同意婚庆公司把他们的照片用来做广告，这是隐私啊！"

“这也算不上什么隐私，他们不是公众人物，也没什么关系。”简亦平居然对她的行为很是谅解。

而我却固执地认为张米粒无非是想让我看见，让我死了这条心。

“就因为不是公众人物，也不是广告模特，把这种婚纱照发布出来才滑稽啊，谁要看啊，有什么意义，又有什么广告价值。我看这婚庆公司也是脑子进水，失去了审美，这照片拍得这么丑，张米粒的脸刷得比墙还白，动作这么做作；耀扬这是什么礼服，水蓝色，简直让人不能忍。”我看着那张照片，恶狠狠地说道。

“是吗？我看看。”简亦平拿过报纸，又仔细端详了一番，“还好吧，婚纱照都这样。”他不以为然。

“什么叫婚纱照都这样，如果我这辈子能嫁得出去的话，我去拍婚纱照会比他们漂亮一千倍、一万倍。”我叫道。

简亦平扑哧一下笑出声来，他摸了摸我的额头：“平凡，你不要太可爱了，一张婚纱照而已，就算丑，拍的也不是你，你至于这么大的意见吗。”他顿了顿，牵过我的手，“平凡，你才二十出头，口气像个恨嫁的老姑娘一样。就算你是老姑娘了，你也会嫁得出去，至少我会要你。”

他的这番话，和眸光之中的款款深情确实很打动人，除了我之外。

“我怎么不知道他们什么时候去拍了婚纱照。”我略略冷静下来，胸口却升起缕缕悲怆。

“他们在一起做些什么事情怎么会都让我们知道呢，作为朋友，我们只需要开开心心去参加他们的婚礼，去祝福他们就好。”简亦平帮我收起了那份报纸。

“你知道他们哪一天结婚吗？”

“2 月 24 日。”

“这么说，他们会在 C 城举行盛大的婚礼？”

“是的，这是米粒想要的。”

“今天多少号了？”

“还有十一天。”

是吗？还有十一天，耀扬就要结婚了？

尽管这一切都是真的，而我，却始终不愿意相信耀扬即将结婚的事实。我穿着耀扬那件大口袋衣服，在民族街的长椅上坐了三天。我对婚姻与爱情的界限分得很清，我从来都认为，无论我是多么深爱一个男人，无论这个男人是多么深爱另一个女人，只要他还没结婚，我都能怀着这份单纯的爱恋好好地生活。现在，这个男人突然要结婚，我的爱就要终止了，再也不能有了。我的母亲就是在初恋情人结婚后，把自己的生活彻底送给了黑暗，尽管她后来奋力逃离了黑暗，却把身边的人推入了黑暗。

耀扬要结婚这个事实，已经完全超出了我的承受能力，我突然找不到生活的希望。我连班也不去上了，每天躺在公寓里。

小漫找到我的时候，是第四天的中午，离耀扬的婚期还有六天。

“平凡，你不能这样熬下去，熬到他婚礼还没办，你就已经死掉了。”小漫担忧道。

“如果能在他婚礼之前死掉，这是我的造化。”我自嘲。

“平凡，我没想到，你居然这么爱他。”小漫叹气。

小漫知道我的经历。我想想，活了二十几年，生离死别的事情都经历过了，我行尸走肉般地活着，好不容易有个男人让我爱上，结果他却会永远地属于别人，我真的不能接受。

“上天真不该让我遇见他。这一段日子，仿佛耗干了我全部的精力，我原本以为我可以平静下来和简亦平在一起，可我做不到。”我激动起来。

“平凡，如果我是你，我就会不顾一切去南山找他。”小漫给我煮了一杯奶茶。

“有什么用，找到了又不能挽回什么。”我摇头。

“也许是不能挽回什么，但是，在他结婚的前几天，你能跟他单独在一起,就证明他整个单身生活都是属于你的,你也就没有遗憾了。”小漫说。

“这是什么逻辑？自欺欺人？”我苦笑。

“你现在还管得了什么逻辑不逻辑。”

“可是……”

“别可是了平凡，女人一辈子能找到真爱太不容易了，他一结婚，就是别人的男人了；但现在还不是，凡事竭尽全力去争取，不行也不后悔。”小漫竭力说服我。

我看着她，在犹豫中思考着这件事的可能性。

“得了，我帮我决定了，你先收拾东西，我去帮你买票。去那地方的车少，票不好买。”小漫从我的表情里看出了我的心思。

“可是……”我心跳得很快。

“别可是了，再可是你就不叫胡平凡。我得先赶回台里一趟，晚点我来找你。”

小漫边跑下楼边向我抛来了这句话。

是的，我是胡平凡，是即使生得卑微，也要死得壮烈的胡平凡。

小漫给我打电话的时候，我正在去民族大街的路上。我买了一条深蓝色的格子围巾给耀扬，我在天气预报上看到，南山那边的雪都还没有融化，气温比 C 城要低六摄氏度以上。

赶到汽车站的时候，小漫正拿着票向我招手。

“平凡，你不知道，这票买得真不容易，那个县居然没通火车，还好汽车票最后一张，被我抢到了。”小漫把票塞到我手上，很是兴奋。

“谢谢你，小漫。”看到小漫兴奋的样子，我心酸得想哭。我多么希望，自己去找的不是一个即将和别人结婚的人。

“平凡，别这样，就要和他见面了，你应该感到高兴。”小漫拍了拍我的肩膀。

“平凡，你的行李呢？怎么什么东西也没带？”小漫看见我手上除了那个装围巾的小盒子外什么也没带。

“来不及了小漫，我去买围巾了。”我还在喘气。

“这样更好，平凡。到了那边，你就穿他的衣服，你不是很喜欢吗？把他的衣服都穿回来，最好是把人也带回来。”小漫取笑我。

我没有回应她的话，只是淡淡地笑了笑。

“好了，快上车吧。”小漫送我上了车，朝我挥挥手后离开了。

不知道从什么时候开始，我害怕别人跟我挥手，挥手就意味着离散。

我在上车之后，拨了电话给简亦平，跟他说我必须得去南山一趟。简亦平什么也没说，就把电话挂了。

车子离开 C 城城区的时候，我拨通了耀扬的电话。

“耀扬，我已经在来南山的路上了，七点左右到。”没等他回答，我就把电话挂了。

我不知道他会不会来接我，看起来我像是在等待重生或灭亡。事实上，我知道，耀扬对于人生所做的决定，我是丝毫也改变不了的。我之所以选择来到南山看他，并不是试图让他放弃和张米粒结婚。我没那么恶毒，也没有那番能力。我只是想给自己的单恋生活做一个复杂而矫情的告别仪式。

这趟去南山的巴士上坐的大都是在 C 城做生意的南山人。新年已过，生意清淡，正是他们回家探亲的时候。他们的身边，是大大小小装满了带给父母、爱人和孩子的礼物。山涧里有风吹过，那些小小的带给孩子们的铃铛欢快地响了起来……整个车厢、整个世界，在我的眼前，顿时一片温情。

山路很是崎岖，脚下就是几十米深的悬崖，但是，这并没有让我感到害怕，因为，这条路的尽头有耀扬。我甚至已经可以触摸到停留在他脸上的 2004 年那淡淡的笑容，我甚至可以感受到他把我从老男人的饭桌上拎出来时手臂的余温，真的，就那么几个有限的场景的交集，却足以让我铭记终生。

巴士在七点钟准时到达南山站。耀扬穿着黑色的外套站在小站入口处昏黄的灯光下。

这一刻的景象，让我已分不清是活在前世还是今生。

耀扬负责的公路，已经修了大半，修到了南山县的一个小镇上，耀扬他们工程队的人，就住在那个小镇。

我和耀扬坐上他从工程部开来的车，一辆破旧的北京吉普，我们需要赶夜路去到那个小镇。

去往小镇只有一条盘旋的山区公路，周围是寂静苍茫的深山。我看了看手表，是夜里的十一点钟，深山里已经没有了车辆的踪迹。

我坐在耀扬的旁边，专注地看着他，他则专注地开着车。他侧面的轮廓伴着橘色的车内灯散发出非常温暖的颜色。这个世界，在这一刻，只有我们两个人。

“我以为你不会欢迎我。”我说。

“我有欢迎你吗？”耀扬转过头笑了起来，他的脸大概是因为长时间被山风吹蚀，皮肤粗糙了许多，嘴唇也干燥开裂了。

“这么晚了你还来接我，走这么远的山路，已经是对我最大的欢迎了。”我的笑带有骄傲的意思。

耀扬欲笑又止的样子把整个夜都点燃了。

“平凡,你没事吧,为什么突然这么远跑来？”耀扬不紧不慢地问。

我想他这是明知故问。我也没有正面回答。

“我觉得生活无聊。C 城那地方，我都待腻了，所以到山里来透透气，就当是度假。”我说。

“你的工作还是一如既往在酒桌上完成吗？”耀扬又问。

“当然，中国有五成以上的人的工作是在酒桌上完成的，这有什么奇怪的。”我装作很不以为然。

“平凡，女孩子喝多了酒真的不好，很容易引发很多病症，你知道吗？一个人的身体才是最重要的。”耀扬说。

“我知道，女人喝多了酒容易得乳癌、胃癌，容易变老变丑。看不出来，你居然会担心我？”我自嘲道。

“你说呢,作为朋友我当然担心你,你这样,家人难道不担心吗？”耀扬叹气。

“家人？”我苦笑，“家早没了还哪来的家人？”耀扬的话勾起了我对往事的回忆，也让我悲伤起来。

“对不起，平凡，我是不是伤你的心了？抱歉，我真的不知道。”耀扬抱歉地说道。

“耀扬，我是伤心了，但让我更伤心的是另外的事，你知道是什么事。”我叹了一口气。

耀扬又不说话了，他太注意哪些话该说，哪些话只能点到为止了。他的反应让我不甘心，甚至说是激怒了我。

“耀扬，你想听我说是为了什么事吗？”我继续下去。

“我不想听。”耀扬果断地回答了我。

“不，你要听！耀扬，你要听！你不能属于别人，即使你不属于我，我也不想要你属于别人。你知道吗耀扬？”我疯了，因为我听到了自己疯狂的心跳。我因为一个男人与另一个女人即将完成的婚姻而急疯了，尽管我一再警告自己一定要镇定从容，不要太失态、太难看，我靠向耀扬，我想把头搭在他的肩膀上。

“别这样平凡，我要结婚了，我们之间是不可能的。”耀扬还是那么不愠不火，他那架势仿佛无论我天翻地覆，他也会无动于衷。

“我必须得照顾米粒一辈子，这次之后，我们就不要再见面了。”他竟然还补充了这么一句。

“耀扬，你怎么能这样？”我被他最后一句话刺激得丧失了理智，不顾一切去扯他握着方向盘的手。我承认那时我彻底疯了，我觉得我的这个动作是有意识的，是我心底深处极为恐怖的因素在那一刻砰然爆发了。我觉得既然我跟我在这个世界上唯一爱着的人都要老死不相往来了，那我不如直接死了算了，方向盘被迅速打转的时候，我听到了灵魂召唤的声音。

“危险！平凡。”耀扬甩开我的手猛打方向盘，汽车在刺耳的擦地声中转离了右侧的山崖，转到了左侧的旱沟里，在剧烈的摇晃中我清醒过来。

“对不起，耀扬，对不起！”我赶紧去抱住耀扬，看他有没有受伤。耀扬也是惊魂未定，迟迟没有说话。

“我再也不这样了，耀扬，对不起，真的对不起。”我赶忙认错。

耀扬没有再责备我，而是下车查看路况，我也跟着他下了车。

借着微弱的月光，我这才注意到，右侧是几百米高的山崖，掉下去，就永远与这儿的青山为伴了。即使我愿意，耀扬是决然不愿意的。

因为来不及换衣服，我出门穿的是一件薄外套，刺骨的山风灌进我的脖子里，我冻得说话都在发颤。

耀扬让我赶紧坐回车里，他也上了车，我们准备再出发的时候却发现汽车的引擎怎么也发动不了，耀扬焦急地做了一次又一次的尝试，汽车依旧无动于衷。

我马上意识到我们要被困山谷了。

我转头去看窗外，沿路的夜已经深沉得未曾留下一丝我们来过的足迹。

“看来只能给工程部打电话了。”耀扬边跟我说边拨电话。

这里离工程部还有几十公里，而且山路极其不好走，估计工程队的人到这儿要三四个小时。

我和耀扬都坐到了后座上，我们把车窗关得很严实，山风吹得玻璃哗哗响。

“耀扬，知道什么叫相依为命吗？就是我们现在这样。”我又不自觉地靠向他。

我们离得如此近，他呼吸的声音那么清晰，就在我的耳边一明一灭、一张一合，外面的风在尖厉地呼啸，车里的暖风吹到脸上，竟然有一种人在天涯末世飘零的凄美感，这种凄美里又混杂着些许的激动和幸福。

“这会儿要是有酒就好了，最好是黄酒，还有炉火，我们就在炉火边喝酒到天亮。”我激动地说道。

“夜黑风高的，你不怕我们在这里再出什么意外吗？”耀扬问道。

“不怕。”我斩钉截铁，我其实想说的是，有你在我身边，一起死我都心甘情愿，还有什么可怕的。

“平凡，你看起来是这么勇敢独立，似乎没什么事情会吓到你。”

耀扬并不知道我的弦外之音。

“是吗，我也是被生活所迫。是我的父母成全了我现在的性格，让我这样的孤儿不至于成为社会的负担这是他们对社会做出的唯一的贡献。”我自嘲。

“平凡，你真的很不平凡。你不像米粒，米粒一个人是生活不了的。”耀扬说。

“是吗？可是她俘虏男人的本事是我死也学不来的。”我说的是心里话，丝毫未带讽刺。

耀扬又没有回话了，事实上我这样的话让他没噎死也算是命大了。我就是这样，关键的时候，和关键的男人，总说不出最关键的话，反而最擅长用话把自己堵死。

工程队的人敲开窗户的时候，我才意识到自己不知什么时候已经睡着了，在耀扬的怀里。我的身上盖着耀扬的长外套，脖子上围的是我带给耀扬的围巾。

这样的一番景象，让我在山区的暗夜里热泪盈眶。

“耀扬，这围巾是我送给你的，你戴着比我戴着更让我觉得温暖。”

我把围巾从脖子上摘下，替瑟瑟发抖的耀扬系上。

工程部来的人，也是几个年轻的小伙子，他们看着我和耀扬在车上的那幅情景，都暧昧地笑了起来，他们脸上的笑容让我获得了短暂而虚幻的幸福感。

我和耀扬坐另外一辆车来到工程部所在的偏远小镇的时候，天已经微微地亮了。

工程部的人已经陆续起来了。

除了那几个修车的小伙子，站在工程部的那些男人堆里，二十几岁的耀扬显得是那样年轻。

我依偎在他的身边，脸上挂着幸福无比的笑容。此刻，所有人，都看得出来，我是耀扬的女人。

他们很热情地接过我手上的东西，很自然地夸我长得漂亮，说我看起来和耀扬是那样般配。

耀扬似乎也默认了，看来，工程部的人并不知道张米粒的存在。

我愿意有这样的错觉：这是一个没有张米粒的世界，或者，张米粒根本就没有在这个世界存在过。

这是一个清静的世界，每天清晨，我穿着耀扬的衣服爬上房子后面的山坡，在野花的环绕中遥望耀扬在远处的工地来回走动的身影。

每天的黄昏，耀扬从工地上忙完回来，就会带我爬上附近的石头山看日落。我们像孩子一样坐在山顶的那块大石头上，看着太阳慢慢地躲进连绵起伏的群山后。

我会给工程队的小伙子们洗衣服。中午在我把衣服全晾好的时候，就看到他们从工地上走回来，“嫂子”“嫂子”叫得很是亲热。我满足地对着他们傻笑。

那天下午，耀扬去集市买材料的时候给我带回来一些内衣、袜子等用品，塞在我睡的枕头底下。

“平凡，你洗澡的时候就换换内衣、袜子什么的吧，外面的衣服就不用换了。”耀扬体贴地说。

那条内裤上居然还有拉链和口袋，我笑得简直要滚地。

“耀扬，农民夫妇之间的生活是不是像我们这样？”我红着脸调戏耀扬，耀扬羞涩地笑了。我居然从他的脸上看到了幸福，一种我预料之外的幸福。

我不得不庸俗地说我是多么希望时间能停留在这一刻。然而，我又不得不庸俗地承认，天下无不散之筵席。这是我最讨厌的一句话，只有它，总会在最不该出现的时候出现。

“耀扬，过了今天，我就要回C城了。明天，我们一早起来看日出好吗？”晚上，耀扬离开我房间之前我乞求他。

“明天我跟你一起回去吧，婚期也快到了。”耀扬说。

“不要，我不想和你一起踏上你和别人的婚礼之路。这几天和你在一起，我很满足了。”

“平凡，不知从什么时候起，我害怕看到日出，害怕日子一天一天地反复。日落的时候，我甚至期待明天的太阳不要再升起来。”耀扬看起来是那么忧愁。

“这完全不像你说的话。你的生活看起来是那么的顺意，张米粒已经回到了你身边。”我有些诧异。

“生活总是暗涌迭至，人生由不得你选择。”耀扬轻轻地叹息。

这是到目前为止，耀扬说过的最沉重的一句话，直到后来我才明白他说这句话的含义。

“耀扬，你不会嫌我麻烦吧？”

“当然不会。平凡，这几天我很轻松，真的。”

“你怎么不问我为什么要来找你？”

“很多事情是不需要理由的。”

“我知道，再过几天，你们就要结婚了。”

“是的，我应该给米粒幸福。”

“你呢？你幸福吗？”

“……当然。”

“那就好。这次我来找你，只是我单方面想给自己一个交代而已。以后，我不会这样了。”

“平凡，你是一个很好的女孩，我相信你一定会有一个不错的将来。”

我们的对话，让我想起了很久以前，电台里的那句诗：

“明日隔山岳，世事两茫茫。”

第七章

/

繁华散尽后才是彻底的荒凉

第二天的清晨，工程部的车载着我离开了小镇。我的幸福生活就此落下了帷幕。

这几天的境遇始终让我觉得自己像生活在一场游移的梦里，甚至到最后，我都不知道道别时与耀扬之间的拥抱和亲吻，到底是真实发生过的还是仅仅是我的想象。

此刻，远远的山路上，耀扬在朝我挥手……群山慢慢地将他环抱，一如我来时的模样。

在很长的时间里，我一直回忆着在南山的这三天生活，因为在当时的我看来，就是这三天，这个世界没有张米粒的三天，实现了我人生的全部意义。

我像个僧尼一样，还了在尘世的最后一道尘缘，回到了 C 城，开始了自己无欲无求的生活。

在我去南山的时候，简亦平已经去了巴黎。我想，他再也不会回来了。

我开始拼命工作，拼命和老男人喝酒。我开始有了人生的第一次醉酒，然后是第二次、第三次……

每次和那些老男人一起倒在酒馆的木板地上之前，我都会清醒地问他们今天是多少号。

我希望日子会在我昏天暗地的醉酒中快步地翻过 2 月 24 日这一天。

然而，这短短的几天时间，却怎么也过不完。

2 月 23 日的晚上，天不遂人愿，和老男人们没有饭局，我生平第一次一个人喝起了酒，在苏芙酒吧。小漫和明治把我抬回去的时候，我已经烂醉如泥。

小漫陪了我一个晚上，清晨酒醒的时候，我居然比以往任何时候还要清醒。

“平凡，你不是说从此无欲无求了吗？”

“小漫，我以为我可以做到，但事实上却是，我和耀扬生活了三天以后，我发现我更不能接受他要结婚的事实。他应该属于我！小漫，你知道吗，他应该属于我！”我痛哭流涕。

“平凡，这一天很快就会过去的。”小漫痛心地劝慰。

“可是，小漫，这一天过去了，还有很多很多个这一天。耀扬以后不再是一个人了。小漫，你不知道，和耀扬生活在一起是多么甜蜜幸福。”我号啕大哭起来。

“看来，找到真爱和找不到真爱都是一样痛苦。生活居然是这样无奈。”小漫的表情也阴郁起来。

小漫被台里电话叫走的时候，已经快到中午。看起来，她是那样的不放心我。

“小漫，放心吧，我是一个懦弱的人，我没有死的勇气。”

我对小漫报以微笑，因为自从我认识了耀扬就一直是一副情悲意怯的样子，小漫交到我这样的朋友，是她倒霉。

小漫走后，房间空了。我发现哪怕是一分钟，我也不能待在这个寂寥的房间里，否则，就算我没自杀，也会自然死亡。

我穿着耀扬的那件大衣走在 C 城的大街上，鬼使神差，就来到了耀扬和张米粒举行婚礼的香水街。香水街上那棵高大的梧桐树上光秃秃的，一片叶子也没有，因为它不是 2004 年在 × 大学的那一棵。

我把头抬得很高，看着梧桐树那些光秃秃的枝丫正漫无目的地向四方伸展着。

我的头居然就这么昏沉起来。

“胡平凡，真的是你？”一个矮个子女孩正踮着脚看我。

我漫不经心地俯下头。

“叶灿？”我怀疑我是不是神经错乱了，是我曾经的室友叶灿。

“是啊平凡，没想到在这里遇到你。”叶灿开心地说。

“你真是叶灿？”我简直不敢相信。

“是啊，平凡，是不是我现在漂亮得你都不认得了？”叶灿的笑容里有一丝隐藏不住的苦涩。

“也许是吧。”我用双手盖住了自己的脸，这一切的一切明明是上天的精心安排，却非要以很自然的方式在我面前一步一步揭开谜底。

“叶灿，见到你我太开心了！你操纵了我的命运，告诉我，下一步还会发生什么？”我神志恍惚地问。

“平凡，你还是这么神经兮兮的，下一步啊，下一步是我们去参加婚礼。”

“婚礼？谁的？”

“你不会真傻了吧，你站在这儿，难道不是去参加耀扬的婚礼啊？！还有，平凡，C 城哪个单身女孩不知道，你和茉莉咖啡店的老板简亦平的关系。简亦平和张米粒是知己，你能不参加他们的婚礼吗？”

“天啦，这你们都知道？那张报纸你也看了吗？可上面没写这些吧？”

“这还用写啊，哪个年轻女孩不关注 C 城的钻石王老五啊，他什么时候回来，你会不会跟他结婚，然后跟他去巴黎啊？你不会是去巴黎定居再也不回来了吧？”

“我……”

“算了平凡，别说了，我们快走吧，婚宴都开始了，到那边再说，我正愁没有伴呢。”叶灿尽管个子不高，但一百二十几斤重的身躯力大如牛，拽着已经瘦得脱型的我跟拽只猴子一样。

我也不能以死抗争，至少在今天，我不能出这样的丑。

婚宴的酒店没走几步就到了。

大堂里充满着喜庆的味道，头顶上盖着漫天的粉色气球。

耀扬和张米粒正站在签到处迎接宾客。

张米粒穿着洁白华贵的婚纱，笑得很是灿烂。

这是我第一次看见耀扬穿西服，看起来是那样的俊朗，只是脸上的表情似乎有一点强颜欢笑的味道。当然，这或许只是我的错觉。

“平凡。”张米粒招呼着我，耀扬却在和叶灿打招呼，看起来，他们也是多年没见了，耀扬对叶灿的到来深感意外。

“平凡，没想到你会来，谢谢你。”张米粒的谢意是很诚恳的，这是当然，到了现在这个时候，我们之间胜负已定，她以胜利者的姿态和我握手言和对她而言也算是责无旁贷。

“平凡，谢谢你。”我和张米粒握过手后，耀扬也礼节性地和我握手，我冰凉的指尖让他的手本能地缩了一下。

我看到了他眼神里的担心，我确定那是担心。

“我们快上去吧。”叶灿拉走了我。

我们找了角落里的位置坐下。

婚礼上来的人不多，大多都是像我和叶灿这样的年轻人，看起来都是耀扬的同事以及他们的朋友。

耀扬的父母也没到场。

“我觉得这婚礼有点怪。怎么没有父母？”我问叶灿。

“好像是耀扬的父母坚决反对这桩婚事吧。不过说实话，我也觉得新娘不怎么样。”叶灿说。

“你是说，张米粒？”我问。

“她除了那对胸看起来比我大、比我挺，哪一点也不如我。”叶灿说。

“对了，你和耀扬只是网友，难道这几年一直有联系？”

“当然啊，你知道吗？我在大学里见了几十个网友，只有耀扬是最让我难忘的。”

“难忘？”

“当然。更巧的是，当年虽然我们是网友，可现在我们也算是亲戚了。”

“为什么？”

“我的表姨父是他父亲的哥哥啊。”

“这也算亲戚？”

“能扯上一点算一点啊。”她道，“我爱他。”停顿了一会儿，她居然波澜不惊地来了这么一句。

“你爱他？”我呆住了。

“对啊，怎么了？不可以吗？”叶灿转过头来盯着我，眼神里是灼灼的质问。

“可他结婚了。”于是我似乎开始有点事不关己、幸灾乐祸的味道。真好，竟然还有一个人跟我一起心碎神伤。

“结婚有什么，就算结婚，他也是耀扬，是我爱的耀扬。”叶灿不以为然。

“耀扬是一个很专情的人，他怎么会去见网友？”我顿了顿，问道。

“你真是老土。那时候，张米粒还不知道在哪家养着呢。而且，耀扬实际上不是我的网友，那次他是替他的朋友来见我的，谁知道我对他一见钟情。”

“一见钟情？！”我彻底惊呆。

我那句话果然没错，在C城，两个盲人都有可能在大街上一见钟情。

我没有任何歧视残疾人的意思，我只是在强调完全不可能中的可能。

面对满大桌丰盛的婚宴，我什么也吃不下，叶灿却吃得很是欢快，大只的海虾都剥了五六个，还一个劲地喊我吃，我却怎么也没有胃口。我和叶灿原本都应该是婚礼现场最落寞的人，可看起来只有我是，叶灿却完全不是。我简直怀疑她说的对耀扬一见钟情的话完全是杜撰。

我三番五次催叶灿快点吃完，我们赶紧离开，可叶灿却死死拖住我，说她怎么着也要待到最后，我要讲道义的话就陪她到最后。

我无奈地趴在桌子上，当耀扬和张米粒来敬酒的时候，假装醉了靠在椅背上。我知道，这酒我一旦喝上第一口，就会有第一瓶、第二瓶……那今天我就非得哭死在这场婚礼上。

整场婚宴我滴酒未沾，婚礼结束的时候耀扬却醉了，就像我们上次在卡萨厨房喝醉的时候一样。只是那一次，他是去了我家；而这一次，他得回他和张米粒的家。

“叶灿，你难道还没吃饱？大家都已经散了。”我催叶灿。

“急什么？这顿饭吃得太不容易，我得把菠萝粥全喝完再走。”她狂喝波罗粥，我想起她这暴肥的体形也不是随便一点食物就可以搞定的，我却一点胃口也没有。

“可是。”

“别可是了平凡，这顿饭我太该吃了。两年了，我喜欢耀扬两年了，可除了第一次见面，每次我约他他都推辞了。”

“可是，客人都已经散了，他们两人也得回家。”

我劝着叶灿，我发现，叶灿尽管一直在说无所谓，可我明显看到她的眼眶里噙满了泪水，闪闪发亮。

尽管在之前的很多天里，我潜意识里怪过她，我一直觉得那天她漫不经心地与网友见面是导致我人生悲剧的根源。

然而，现在，叶灿拼命控制自己不要流泪的样子，让我很是心疼。

我和叶灿居然同是天涯沦落人。

客人们陆续散去，我跑去洗手间，不想任何人看到我流泪的样子。我不停地往脸上洒水，水和眼泪混在一起，别人就看不出来我哭过。

哭过之后我赶紧走出了洗手间。

我看到耀扬正站在洗手间的门口。

“平凡，你哭了？”耀扬的眼睛里布满了血丝。

“没有，洒的水而已。你没事吧，你不是醉了吗？”

“你看我这样子像醉吗？如果不装醉，我也不能来到这里。”

“为什么要装醉？”

“平凡，你为什么要穿这件衣服？如果你不穿这件衣服，我今天也不会这么难过。”

“对不起，我不是故意的。我在路边碰到叶灿，她拉我来的。”

“平凡，我相信，你一定会有不错的将来。”

“只要你有不错的将来就行了。”

“我得走了，米粒在等我。”

“我知道，祝你幸福。”

我回去的时候，只剩下叶灿一个人坐在偌大的婚宴厅里，傻傻地看着那些飞落在地上的五彩纸屑，服务员一边收拾餐桌，一边用嫌弃的目光催促她离开。

繁华散尽后的荒凉才是最彻底的荒凉。

“叶灿，你没事吧？”我走到她的身边。

“当然没事。平凡，刚才耀扬经过大厅的时候还冲我笑了呢，就他一个人，没有张米粒。”叶灿幽幽地笑，她的笑容在我看来，有些诡异和狰狞。

“叶灿，我们走吧，人都已经散了。”

“是的，人散了，怎么这么快人就散了呢。”

“叶灿，耀扬就算结婚了，他也还是耀扬，只要他还在这个世界生活着就好。”这是引用她的话，在潜意识里她这句话对我的伤感很有说服力。

“平凡，如果是朋友，就陪我去喝一杯好吗？”

“好，只要离开这里，去哪儿都行。”

我扶着叶灿来到了苏芙酒吧，自从在这里遇见耀扬后，我就再也不记得C城还有其他的酒吧。

昨天晚上我在这里醉生梦死，今天又来到这里，有服务生认识我，说要不要他们陪我喝一杯，我赶紧说不用了，我只和叶灿喝。

是的，我只和叶灿喝，这个与我同病相怜的女人。

我们一杯接着一杯喝下去，很快就有了醉意。人只有在有醉意的时候才会放下尊严和伪装，袒露真实的心迹。

“平凡，你说，张米粒那个小贱人，除了胸，还有什么比得上我？”叶灿愤愤不平。

“可她就是有那么挺的胸，这就够了。那叫女人味。女人味是什么你知道吗？你有吗？没有。我有吗？也没有。”我晕乎乎地道。

“难道，耀扬是迷恋她那对大胸？不，平凡，你绝对错了，耀扬不是那样的人。”

“可是，耀扬他的确是个蠢男人，别人都不要的，他捡回来了。”

“是，简直是蠢得无药可救。”

“他那叫什么破一见钟情，完全是一见同情，张米粒太会装可怜了。”

“叶灿，你说得真对，什么破一见钟情，都是假的。”

“不，平凡，我这个是真的。”

“我这个也是真的。”

“平凡，你说耀扬和张米粒现在在做什么？”

“当然是在桑树湾别墅，他们的新房里。别墅是耀扬为张米粒修的。”

“桑树湾别墅？可是平凡，张米粒她凭什么，就凭她那对巨乳？

“平凡，我要去丰胸，我不做平胸妹。你也要，简亦平，他肯定也不喜欢平胸妹。”

我知道叶灿真醉了，她当着所有人的面说她不做平胸妹，她喊破了嗓子，乐队在那一刻都停了下来，我扶着她在摇曳迷幻的灯光照射下离开了苏芙酒吧。

已经是凌晨了，除了酒吧里还有情欲纠缠的男女不肯散去外，C城大街上的行人很少，空气里仿佛吸满了水，雾蒙蒙的一片。

叶灿被冷风吹醒了一些，她不想回家，我也不想回家。我们游荡在C城的大街上，偶尔有两三个闪着恶狼般目光的男人朝着我们吹口哨，叶灿就会左摇右晃地跑上前去冲着他们傻笑。这些男人就会像在丛林里看见异族一样四处逃窜开了。

“都是些什么破男人。”叶灿骂道。

我没说话。有风的时候，叶灿的长发在她紧锁的额前披散开来，像幽灵一般。

“平凡，我真羡慕你，你真幸福。”

叶灿的话让我很难过，她并不知道事情的真相，不知道我和她爱恋的是同一个男人。可到了现在，我认为即使告诉她，也没有意义。况且躲在一个比我伤心的人身后伤心，这种感觉好受多了。

“平凡，你知道吗？我这一辈子只和耀扬见过两次面，一次是在×大学，一次就是今天，他和张米粒的婚礼上，命运的安排居然是这样的恶毒。”

“可是，你原本，不应该去参加他的婚礼。”

“不，他的婚礼对我的人生有着划时代的意义，你不明白。”

我承认叶灿会有这么难过是我没有想到的，但我毫不怀疑她对耀扬的感情，我相信明治送给我的那本书里说的那句话：“年轻的时候，爱上一个人，是不需要理由的。”

我不也是一样吗？那匆匆的一瞥、那一句简短的话语，就让我深深地陷入了一场绝恋当中。

当然，想起来，我比叶灿要好多了，至少上天在C城安排了我们的重逢，我们还有在南山甜蜜的三天，甚至，我还清晰地听过耀扬在我耳边的呼吸声，可叶灿却什么也不曾拥有。

“叶灿，不要这样好吗？一切都会好的，一切都会过去的。”我安慰她说。

“平凡，真的吗，真的会过去吗？”叶灿喃喃自语。

天微微亮起来的时候，我把叶灿扶到了我住的公寓，我们的脸上、头发上都沾满了空气里的雾水，有的甚至还结成了冰珠。

叶灿一头倒在沙发上，沉沉地睡去了。这是耀扬睡过的沙发，不知道叶灿睡在上面会不会做个好梦，忘掉所有的一切。

我帮叶灿把头发上的水擦干后，用恒温壶给她暖了一壶牛奶。叶灿和我不一样，我毕竟是终日混在酒池肉林里；而她，看起来是很少喝酒的，还是学生时候的那副装束，中性的休闲装，没有丝毫的女人味。整个人好像还留在旧日时光里。

我是洗完澡才睡下的，奇怪的是，在叶灿的无限难过面前，我觉得自己的难过竟然显得那么渺小和卑微起来。

我沉沉地睡了，梦里出奇般清净，就像挂在眼前的一块白色幕布，什么内容也没有。

第八章

/

他这辈子都会忘不掉我

这是我二十几年来，睡过的最沉的一觉，醒来的时候，已经是又一个轮回的黄昏。

我花了很长时间才让自己的意识从昏沉中清醒过来，我想起叶灿还睡在客厅的沙发上。我爬起来走出客厅，整个房子里是空空荡荡的一片，叶灿不知什么时候已经离开了，沙发上似乎还留有她的气息。

桌上留有一张字条，是从我记事本里撕下的一张，撕的时候似乎很急，有一边全是碎裂的棱角，看得人心里有莫名的惊慌。

我把它捡起来，白纸上面是清晰的黑字：

平凡，耀扬结婚了。我找不到可以让自己继续活下去的理由。不要试图去寻找我，也不要试图去寻找我的亲人。死亡是我对幸福最终的判断与成全。我这样死去，至少耀扬这辈子都会忘不掉我……

我抓着这张纸，整个意识一片空白，等我清醒过来跑下大楼时，眼前的C城，无数条开着枝杈的马路，延伸向遥不可及的四面八方，叶灿已经无处可寻。

我跑进电话亭，想拨下那几个原本很熟悉的数字，却怎么也拨不对，电话上的那几个数字在我的眼前跳跃成一片。当耀扬的声音从话筒里穿过来的时候，我已经泣不成声。

“平凡，是你吗？你怎么了，你在哪里？你别急，慢慢说。”耀扬焦急地问道。

“耀扬，你快过来我这里，现在，马上。”我颤抖着喊道。

然后就听到耀扬焦急地把电话挂掉了。

我瘫软在电话亭的木地板上，话筒在我的面前激烈地摇晃着。

耀扬在公寓附近找了几个来回把我找到的时候，我已经哭得声嘶力竭。

“耀扬，叶灿她……”我语无伦次地想把事情跟他说清楚，嘴唇却一直在发抖。

耀扬接过了我手上的那张纸，确切地说是叶灿的遗书，他的脸色越来越暗沉，嘴唇也变成了绛紫色，那与死亡如此匹配的颜色在他整个面部伸展开来……

叶灿的尸体是三天以后在东湖边被发现的。我很讨厌“尸体”这两个字，任何人，无论活着还是死了，我们都该把他称为人，而不是尸体。生与死的界限，不应该以这样残酷的词为界限进行划分。

叶灿的身体漂浮在靠近桑树湾别墅的方向，在这之前，耀扬曾发动他身边所有的朋友到C城的各个角落去寻找这个可怜的女子。小漫也叫明治在节目里给叶灿留了言，明治甚至发动所有的听众去寻找叶灿。甚至，连张米粒也加入了寻找的行列。可叶灿最终还是找到了这么一个隐蔽的角落，安然地离开了。

叶灿的死显然给了张米粒很大的打击。她拂开叶灿盖在脸上的头发时，叶灿那张已发青的脸似乎还在诉说着一场生离死别的哀怨；她的身体，因为被湖水浸泡了几夜，已经变得惨白，薄薄的一层皮肤仿佛要抵触着身体撕裂开来。

张米粒在葬礼现场失声痛哭。我不明白，张米粒那样自以为是的人，也会为一个与自己并没有多大关联的人哭得那样伤心欲绝。或者，她认为叶灿的死，还是与她有很大关系的。而我，必须得客观地说，就算不是张米粒，耀扬终归也会跟某个人结婚，叶灿的悲剧或许是注定的。

张米粒的眼睛很快就哭得红肿起来，她静静地蹲在殡仪馆的角落里，整个人单薄得像一张纸片。

叶灿的死，让我在瞬间再一次闻到了那年C城加油站爆炸时呛人的浓烟味，而这一切，我原本以为我都可以忘记。

听叶灿的家人说，她这几年工作、感情都不顺利，引发了重度抑郁症，事实上，她已经自杀过好几回了。之前几次，有一次是割腕，割到一半清醒了后悔了；有一次是跳楼被劝下来。

只是这一次，她死得毅然决然，义无反顾。不过是一夜的工夫，叶灿已经从这个世界彻底消失了。

很多事情，是在发生过后才能想明白的。香水街上的偶然遇见，婚宴场上的强颜欢笑，午夜里幽灵般的模样，似乎早已在预示一个生命的绝离。

葬礼过后的下午，耀扬、张米粒、小漫、明治都静静地坐在我的小房子里，我的桌子上还摆着叶灿没喝完的牛奶。我们仍然不愿意相信，一个生命的陨落居然可以如此仓促和决绝。

这场突如其来的变故，让我们对命运没有了一丝的安全感。

谁也不愿意离去。晚上，张米粒虚弱地躺在我的床上，神情黯然地看着房顶上的吊灯；耀扬坐在我身边低头不语；小漫和明治依偎在沙发上，小漫的头深深地埋进明治的臂弯里；我靠在阳台边的藤椅上，看着那些因我疏于照顾而在阳台上自生自灭的花草。

这一夜，我们似乎都丧失了语言能力，谁都没有再说一句话，只是黯然地想着彼此的心事。

于是我深刻地感受到：

每一场别开生面的相遇都是为了下一场生死决绝的别离。

叶灿的死冲淡了我对耀扬已婚这一事实的关注度。在死亡面前，我们活着的人都没有权利再去指责现有生活的不公与乏味。

几天以后，我和小漫坐在 C 城一辆没有起点也没有终点的环线公共汽车上，漫无目的地看着来来往的人流。

“小漫，我们再也不能这样过了。”我木然地看着窗外。

“那该怎样过？”小漫幽然地问我。

“小漫，你想过真实的生命有多么脆弱吗？一个前一天还在说着要去隆胸的女人，突然间就在这个世界上永远消失了。”我的视线开始模糊起来。

“说实话，叶灿的死让我开始鄙视自己，我突然很想知道被我伤害过的男人现在过得好不好。”小漫也长叹一口气。

“那些都已经成为过去了，把握好现在，把握好明治。”我握住小漫的手。

“是的，我离不开他，我离不开明治。”小漫靠在我的肩上，窗外有风呼啸而过。

“当然，明治也离不开你。”我轻声说。

“平凡，关于耀扬……”小漫试图提我和耀扬的事情。

“说真的小漫，我现在真诚地希望耀扬和张米粒能幸福。真的，只要他幸福就好，只要他好好地在这个世界活着就好。我真的一点也不恨张米粒了。”我无限感慨地说道。

是的，叶灿的死改变了我太多。

我开始改变了对老男人的态度，我再也不忍心把他们灌醉，再把他们的脑袋当拖把使；我开始懂得适可而止，开始觉得他们有限的生命是这样的弥足珍贵，即使他们嘴里还一如既往地讲着泛滥成灾、不堪入耳的黄色笑话。一想起他们会先我很多年离开这个斑斓的世界，我就认为，一切都可以原谅。

死亡是如此的可怕，能颠覆生者对喜恶的判断。

我决定搬家了，在一个被噩梦惊醒的清晨。我梦见我的父亲站在加油站的油烟里朝我挥手，漫天的衣服碎片萦绕在他的周围。我想换个环境，换个温暖一点的地方。

新搬去的地方，是一个很热闹的小区，住着一户户幸福美满的家庭。宽大的庭院里是绿油油的葡萄架，阳光从葡萄叶的缝隙里透出星星点点的光亮。这些光亮被风吹动了，在水泥地板上跳跃起来，咿呀学语的小孩子淘气地追逐着这些光亮的影子，我搬着东西轻轻地从他们身边走过，生怕惊扰到他们。

这份不经意间得到的温暖几乎让我热泪盈眶。想起住单身公寓的这两年，楼里面住着的都是形单影只的年轻人：他们或者大多是夜间工作的人，如酒吧的星级调酒师、三流歌手，还有一些不得志的画家；或者是锦衣夜行的女子等。大家都被非正常的生活状态折磨得近乎麻木。我曾经单纯地以为这是我所逃脱不了的生活。

小区里这样一派祥和的景象，让我有重回人间的感觉。

小漫是第一个知道我搬家的人，她带来了明治。明治的手上拿着一个电烤箱，小漫和我都喜欢吃烧烤，明治马上就利用我冰箱里新储存的材料给大家做起烤肉来。

耀扬是在我们吃烤肉的时候进来的，带着一身的疲惫，看起来是那样的憔悴。

“米粒没来吗？我打电话告诉你们我新家的地址，她接的电话。”我帮他挂好外套。

“我知道，她不太舒服来不了，她让我来看看你有什么需要帮忙的没有。”

“没什么要帮的，小漫和明治都在呢。”我看见小漫和明治正津津有味地吃着烤肉。

“米粒还难过吗？其实事情都过去了，叶灿的事说到底是跟她无关的，每个人都有自己的命运。”我说。

耀扬没有回应我的话，我知道他大抵是不想再提叶灿的事了。诚然，叶灿的事，让他背负了沉重的压力。只是耀扬这人，即使有天大的不痛快，也不愿意在别人面前提起，这也是我在与他接触的过程中了解到的。

耀扬仅仅是礼貌性地坐了一下就离开了，他不放心张米粒一个人在家里。在我很小的时候，就很坚定地认为，男人，最优秀的品质就是责任心，所以，我景仰耀扬这样的男人。

餐厅里，小漫和明治还在大口地吃着烤肉。他们给我烤的那些已经有些凉了，明治便又拿去给我加热。

“小漫，耀扬是个好丈夫，明治肯定也是。”我其实是想强调后者。

“平凡，你说这句话的时候心里还难过吗？”小漫显然只听进了前者。

关于这个问题，我很难回答。说不难过是假的；说难过，也仅仅只是内心不愉快的一种表现，而并非对于他们的怨恨。特别是对张米粒，我现在已没有了怨恨，不，以前也不是怨恨，更确切地说是嫉妒。她其实也不容易，因为她的婚姻、因为叶灿的死，从一开始就被注入了悲伤的气息。

在我搬家后不久，耀扬和张米粒也搬出了桑树湾别墅，搬去了张米粒婚前住过的米兰阁的那套房子，那里还有大半年的租期未满。当然，我想，他们要搬去那边也并非因为这个原因，可能是张米粒不愿意再住在桑树湾那边，不愿意面对窗户外的东湖。耀扬于是就把桑树湾的那套别墅挂在了中介服务所，想让他们帮忙卖出去。

我住的院子往右拐就是一条古老的巷子，据说它目前的生命长度代表着整个 C 城到目前为止的历史。古巷的进口，有一个卖金鱼的老人，每天挑着两个大大的鱼缸，日出而作，日落而息。他的脸上布满了岁月流走的痕迹，当你觉得生命就像纸片随时都会飘走的时候，再看到这个慈眉善目的老人，会增加一份安定，减少一份对死亡的恐惧。

确实如此，叶灿死时那发胀的身体、那披散的头发以及那张墨青的脸，给了我太深的刺激。那种死和寿终正寝的死是完全不同的，死得是那样面目狰狞。这种不同的景象也在一定程度上改变了我的人生观。

那个卖金鱼的老人，笑起来的时候，整个脸就像盛开的菊花。周末的时候，我会蹲在他的鱼缸前，看那些弱小的生命看到入神。有时候，还会捎上几条，送给院子里的孩子，然后看那些孩子把装金鱼的小塑料袋捧在手心上，小心翼翼地回到了各自的家里，留下的是一串串开心的笑声。

那一天，小漫来看我的时候，在楼下碰到一个玩金鱼的孩子，小漫居然和他玩了好一会儿。

小漫笑意盎然地坐在我新买的那套画满了奇异果的布沙发上。

“平凡，你知道吗？我开始想要有个孩子。”小漫翻着杂志很不经意地说。

“是吗？你不是最讨厌结婚生子这样的事情吗？”我很吃惊。

“以前是以前啊。”小漫不以为然地说。

“你确定这是你深思熟虑后的结果？”我还是怀疑。

“是，我是认真的。”小漫肯定地回答。

“可是，从我第一天认识你开始，你就一直在说女人的青春是从结婚后终止的，你说你把青春看得比命还重要。”我仍然不敢相信。

“我说的是生孩子。我觉得我需要一个孩子，我的双手和我的怀抱都需要一个孩子。”小漫坚定地说。

“不管怎么样，我真替你高兴，也替明治高兴。明治要知道了，肯定会乐疯。”我开心地笑道。

我发现，不知道从什么时候开始，小漫的头发，已经变成了草黄色，俨然一个不修边幅的主妇。小漫似乎不可思议地变老了。

可是，也许这才是真正意义上的生活吧。在很长的时间里，我们过的一直都是一种边缘人的生活，也许，只有结婚生子这样的事情才会让你真正感觉到，这个世界是需要你的存在的。

我突然又开始心酸地感慨起来。

“小漫，我突然想，要是能回到学生时代该多好。”我和小漫肩靠着肩，倒在沙发上。

“我一点也不想，现在多好，我过得很幸福。”小漫说。

“我听说一个女人如果愿意替一个男人生孩子就代表这个女人已经深深地爱上这个男人了。”我很哲学地说道。

“是吗？”小漫若有所思后表示认同。

是的，我承认，我很悲观，当现实的生活摆在我面前的时候，我会千方百计去挑它的种种不是。可是当这一切已经成为过去时，我又会不顾一切地去寻找过去某一刻的欢愉。我的感受永远都比现实的生活慢一拍。

这天下午，因为没有工作安排，我整个下午都在练高温瑜伽。洗完澡出来的时候，手机里的未接来电有十几个之多，都是杂志社打过来的。

我擦干头发回了电话过去。

“平凡，北京总部的林总过来这边检查工作，指定要你去接机，你看……”

主编的语气故作平和中带着欲盖弥彰的焦急，甚至还带了一点恳求的味道，他知道，以我的脾气要是说不想去，谁也没辙。

“好，我去，几点的飞机？”我立马答应，这是我的工作，我对工作从不含糊。

“那太好了，晚上七点半的，我叫司机六点多去接你吧。”

“不用那么麻烦了，来回打车更方便。”

“那好，路上小心，接完林总你就直接带他去云海酒店，我在那边等你们。”

主编放心地挂掉了电话。

我已经习惯了，这几年，杂志社只要是接待有头有脸的人物，就非得我出马不可，包括与我们有业务来往的地市领导来C城考察也是我全程接待，更不要说一些大公司的领导了。我总是能把他们安排得服服帖帖，或者说，我根本也没做什么大不了的事情，我这人天生就对这个行业的男人充满着蛊惑力。

只是，北京总部的林总，倒是第一次过来。作为杂志社权力最大的人，工作繁忙的他是不会随便下到哪个省份来检查工作的，这体现了C城分社在他心目中的重要地位。当然，毫不夸张地说，这份重要的地位，其中一半是用我的酒量换来的。C城大大小小的企业老总，我至少也认识三分之一。当然，都是以酒会友。在这个圈子里混久了，名气就自然而然产生了，即使现在酒喝得没那么猛烈，他们也愿意和我谈生意。

我换好了刚从网上买来的一身玫瑰色运动装，套上一双白色的帆布鞋，把头发高高束起，准时出现在机场的接机口。我一身醒目的打扮，吸引了不少人的眼球。说实话，那些提着箱子出来的空姐的回头率还没我高。因为北京大雾导致了航班延误，空气里传来了播音小姐一次又一次的致歉声，委婉真诚。相比之下，火车晚点的时候，广播里传来的永远都是要死不活、阴阳怪调的声音。

我开始安静地坐了下来，等了一个多小时后，我终于有些按捺不住了，我开始在机场大厅里来回走动，翻看一些宣传画册，至于画册里是什么东西，却一点也没看进去。

“平凡？”我听到了有些熟悉的声音。

我疑惑地抬头。

站在我面前的是三个人：耀扬、张米粒还有简亦平。

喊我的人是简亦平。

“你们怎么会在机场，我还以为，你再也不会回C城了。”我看着简亦平诧异地问。简亦平穿着宽大的灰色圆领毛衣，蓄起了胡子。

这是我自作主张跑去南山后，我和简亦平的第一次见面，这样的场面太突然，我有些手足无措。

他们三个人就这样站在我的对面。

“我和耀扬过来接简亦平。”张米粒简单地回答了我的问题，接着，她娇情地靠在耀扬的身上。耀扬的脸上带着客套的微笑。

“平凡，你又瘦了。”大概是因为看我盯着他，耀扬窘迫地来了这么一句。

“是啊，我……没有米粒那么丰满的身材。”一听到他的声音我就紧张，一紧张就大脑缺氧，一缺氧就很容易神经大条，丝毫没经大脑过滤就说出了这样不太妥当的一句话，张米粒的脸色骤然就变得很难看起来。

我发誓，我仅仅是因为一时找不到话说，况且我这句话是名副其实的。米粒的腰越来越细，胸却越来越大，女人味十足。从张米粒的身上，我明白了一个道理，女人的身体即使在其他地方是万分的不尽如人意，但只要有对大胸，都可以被称为迷人的女人。

我承认我话说得不妥当，但是也不至于产生这么大的反响吧，我对面的三个人，突然像是约好了一样瞬间陷入了沉默。

我抱歉地朝着耀扬笑了一下，大脑突然呈现了空白状态。

“平凡，你是来接人吗？”简亦平开了口。

“是啊，北京来的航班，我们总部的老板，晚点了，还不知道什么时候。”我想起我的正经事。

“平凡，我们得先走，这两天我再联系你。”简亦平说道。

我点了点头。

然后，我就看着他们三个人匆匆离开了。我站在他们身后，看着他们的背影，尤其是简亦平，心中泛起了层层失落。他回来了，却没有告诉我，如果没有在机场碰到，也许我根本就不会知道。我们是不是就这样，成了普通朋友都算不上的陌生人。我知道，这一切是我的错，我决定去南山，深深地伤害了他，也等于是没有给我们之间的关系留一丝余地，他彻底离开我，是应该的。

接到林总的时候已经是晚上十点多了，那时我已经在机场足足徘徊了三个小时，主编的电话一遍又一遍地打得我很不耐烦。当然，在林总面前，我没有表现出丝毫的不耐烦。我认为，如果我带有丝毫的不耐烦，那我这三个小时就真的是白站了。为图一时之快而损坏长远利益，这显然不是我胡平凡会干的事情。

“你是胡平凡？久等了。”林总脸上的歉意充满着大将风范，他显然是让人没有距离感和压迫感的领导类型。

“没关系，机场很热闹的，有很多东西看，等人一点也不辛苦。叫我平凡吧，大家都这样叫。”我笑着说。

“你可真会说话。”林总用赞许的眼神看了看我。

车行走在回城的高速公路上，已是接近夏日的夜，挂着弯弯的月亮，宁静深沉，但我满脑子都是刚才那场意外重逢的事情。

我把林总送到下榻的酒店时，主编在酒店门口已经等了两个多小时了。他的脸上堆满了卑躬屈膝的笑容，五十岁的男人还要向四十岁的男人卑躬屈膝，这样的景象，让我有些心酸。我像办理交接一样把林总交给了主编，然后匆匆离开了酒店。

我不得不再一次说，我真的很爱我现在住的小区：马路两边是月光洒在梧桐上留在地面的斑驳影子，三三两两带着满脸平静的归家人，彻夜亮着的橘黄色小路灯，还有从三楼传过来的父母训斥孩子的声音。

隔壁小店正准备打烊，我买下仅余一份的西米冰沙，伴着爬楼的喘气声大口地喝着。

天黑的时候睡觉，天亮的时候起床，生活一方面简单反复，另一方面又充满着难以排斥的复杂，只有光影是最明显的分界。

在机场相遇之后的第三天，简亦平抱着一大束茉莉站在杂志社门口等我。正是我们散会下班的时间，鱼贯而出的同事们第一次看见与我私生活有关的男人，都试探性地打探虚实。八卦是男人和女人的共性，我带着不置可否的笑容跟简亦平离开了。

“你怎么知道我在这里上班？”我疑惑地问道，因为我从来不告诉别人我的工作地点。

“想知道不就知道了。”简亦平神秘地说道。

“听说茉莉咖啡店已经转给别人了？”我问他。

“已经准备拆了，有人要接手我不愿意，没有人会像我这么用心打理它。”

“是为这事回来的吗？”

“当然不，这事只是顺便。”

“那还有什么更重要的事呢，反正不可能是为我，我都已经做好你永远都不会再理我的打算了。”我笑道。

“平凡，无论你怎么对我，我都不可能不理你。”简亦平深邃的眼神里盈满了爱意，我闪烁着躲避他的目光。

曾经有那么一瞬间，我真的希望我能忘却一切，跟着简亦平远走天涯。

“平凡，过得好吗？”沉默了半晌，简亦平问我。

“每一个离开后又回来的人都会问我过得好不好，我把这认同为礼貌问语，所以，回不回答已经不重要了吧。”我苦笑着说。

“你还是那样固执。”简亦平叹气。

“那当然，二十几年的时间足够让人本质的东西坚不可摧地成型，这怪不得我。”我叹气道。

简亦平没再继续说话了，看得出来他的表情很沉重。

“你说你回来有很重要的事，说说吧，我很好奇。”我问道。

“当然，这事与你我都有关系。想去哪儿？我们坐下来好好聊聊吧。”简亦平神情凝重地说。

“我还是想去茉莉咖啡馆，我喜欢那儿，况且你把它搬走后我就再也看不到这么有品位的咖啡馆了。”我由衷地说。

“平凡，没看出来，你对我的咖啡店这么钟情。”简亦平有些惊喜地看了看我。

茉莉咖啡馆，已经可以用门可罗雀来形容了，门口的停车坪都荒芜起来，空空荡荡的没有一辆车。C 城的人贪图热闹，茉莉咖啡馆停业以后，他们连从咖啡店门口过路的兴趣也没有了。

简亦平拉着我的手，慢慢地爬上了二楼，有一两个留下的清洁工正在侍弄花草。茉莉开得灿烂，对于境遇一无所知。

这个地方，到了现在，画框上的微尘，独立成行的椅子都在倾诉着一场由繁华走向没落的转变。

“简亦平，你舍得这个地方吗？”我突然伤感起来。

“我会把我能搬走的都搬到巴黎，它们会重生的。那边的地址都已经选好了，已经付了定金。”

“我以为你不会回来了。现在可以告诉我你回来的最重要的原因了吧。”

“当然。除了前几天在机场，你有多久没见过米粒了？”简亦平问。

“从叶灿死后到那天。听说他们在桑树湾的别墅已经卖掉了，大概是因为叶灿的死，张米粒不愿意住那边。怎么，跟她有关吗？可他们结婚你都没回来。”我纳闷。

“对，他们的别墅在放到中介去后没几天就以低价卖掉了，不过，并不是因为米粒不想住那边，而是耀扬为了筹钱给米粒治病。”简亦平叹息道。

第九章

/

为手术做准备

“治病？”我怀疑自己是不是听错了。

“是的，平凡，米粒患了乳腺肿瘤，恶性的。”简亦平道。

这样一个突如其来的消息让我如受重击，脑袋一片嗡嗡乱响。

“什么时候的事？我怎么一点也没得到消息？”我问。

“米粒从巴黎回来的时候，肚子里怀着那个男人的孩子，她去医院做流产的时候发现的。那时候她刚搬去米兰阁，并不知道自己的肿瘤是恶性的，医生一直没有给出结论。”

“可是，她的乳房看起来是那样的健康。”我还是有些不相信这样的事实，确切说来，我是不愿意相信。

“疾病这种东西是看不出来的。”简亦平叹息道。

“耀扬是什么时候知道这事的？”我禁不住问道。

“他第二次去南山的时候吧。”简亦平说。

“难怪。”我哀哀地感叹道。

我想起在茉莉咖啡馆的那次，难怪他们和好如初，难怪耀扬在我生气了之后还不忘嘱咐我好好照顾张米粒，难怪我去南山的时候他一直是闷闷不乐，满脸忧愁。

“米粒一直不愿意做手术。”简亦平继续说。

“当然，我完全明白，乳房是女人的生命，‘没有’和‘小’是两个完全不同的概念。”我很能理解她的情绪。

“她自己知道病情的严重性吗？”缓过神后我开始担忧起来，在鲜活的生命面前，所谓的恩怨情仇都可以忽略不计了。

“我们已经告诉她了，我这次在巴黎找了很多乳腺科医生，都说她这种情况必须尽快手术。”简亦平说。

“C 城的南雅医院，乳腺科在全国排名第二的，她在这边治疗也是一样啊。”我焦急地建议。

“这你都知道？”简亦平有些诧异。

“了解一些。”我说。我不好意思告诉简亦平我曾经去那里看过，想看看乳房小是不是有别的原因，隆胸手术我不敢做，所以去问了别的。

“那现在怎么办？耀扬他没想办法吗？”我忧心道。

“耀扬跟米粒结婚就是为了让她消除顾虑，安心做手术。也是因为叶灿的死，让米粒感受到了死亡的可怕，她终于决定做手术。最近，他们把房子卖了就是为做手术做准备，我也是为这事回来的，耀扬问我国外有没有比手术切除更好的办法，我去了解了，并没有，手术才是唯一的办法。”简亦平说。

我想起来了，叶灿死的时候，张米粒的反应是那么的不正常，仿佛全世界都坍塌掉了。我那时候还因为她的异常反应有些诧异，甚至还觉得她在耀扬面前有点表演的成分，现在，我终于明白了。

诚然，对于一个身患癌症的人来说，让她那么深刻地直面死亡，是一件多么残忍的事情。

“米粒的父母早已不管她了，耀扬的父母也因为反对儿子跟一个有乳腺肿瘤的女人结婚，几乎跟这个儿子断绝了关系，现在更不可能援助。所以，现在只剩下他们自己了。”简亦平的表情很沉重。

“不，还有我们。我想，我们能够帮他们。”我流下了眼泪，为了米粒，为了耀扬，也为了我自己。

人生太艰难了，活着太艰难了，痛苦总比欢乐多，真的，我的心情异常低落。

“别难过了平凡，米粒她现在还不想让更多人知道，所以，你只能当作不知道这件事。放心吧，我会尽力帮他们的。”简亦平擦去我脸上的泪水。

我看着简亦平，他和耀扬都是这个世界上不可多得的好男人。简亦平对待好朋友的真挚，以及耀扬对爱人的不离不弃，都让我感动不已。

我突然热泪盈眶，我庆幸我认识了他们。

张米粒得恶性乳腺肿瘤的事带给我的震惊程度一点也不亚于叶灿的死所给我带来的震撼。或者说，两者确实有着前因后果的关系。叶灿的死让我直面死亡的可怕，我不愿意看到我身边的任何人再出任何意外。更关键的是，耀扬对张米粒爱得那样深，而张米粒如果没有了耀扬，她的人生或许也毁掉了。

我还是那样，任何事情，总是会往最糟糕的结果去想，因为一直以来我遇到的糟糕事太多了。

简亦平开始带着我在C城的大小街道上漫无目的地闲逛，因为我跟他说米粒的事来得太突然了，让我感到有种窒息的惊慌，我必须得出去走走。

所幸的是，C城满大街的人流，又让我体会到了生之浩大。

我发现此刻的我不愿意一个人待着，我需要看到生命，需要简亦平这样高大魁伟、有着鲜活生命力的男人陪伴在我的身边。

简亦平似乎也对我的惶恐有所领会，他一直载着我在闹市区穿行。

天慢慢黑起来的时候，简亦平陪我回到了我的新家。简亦平很好奇地审视着周围的环境。“这不像你住的地方，看起来很旧啊。”他随口说道。

“怎么，你觉得我就应该住在那种光鲜的单身公寓里吗？那里太冷清，我已经不喜欢了。这儿虽然旧，但是个很温情的地方，只有在这儿，我才能感受到我并不是生活在生活之外的。”

“平凡，你这样的人应该有一个温暖的家，有疼爱你的人。”简亦平由衷地说。

“不光是我这样的人，无论哪个女人都应该获得这些，但是真正获得的又有几个？寂寞是每个女人对生活应尽的义务。”我自嘲道。

“你一直是一个人生活？你一直长在C城？平凡，我能不能问问有关你家庭的事情？”简亦平的问题接踵而至。

“你可以问，我也可以不回答。”我拒绝了他的请求。

这个晚上，简亦平靠在沙发上，我靠在他温暖的胸前，我们一起盖着一条薄薄的毯子……入夜了，我们什么也没说，就这样，待了整整一个晚上。我的睡眠，向来就是很好的，即使是有事的时候，也能睡得很沉，一些乱七八糟的景象只会在梦里折磨着我；至于简亦平睡没睡着我就不知道了。

“靠得你手臂都酸了吧？”醒来时，我有些不好意思。

“我没事，平凡，看你睡得安稳我就放心了。别多想米粒的事了，一切都会好起来的。”他安慰我道。

我去上班的时候，简亦平忙着打理生意上的事情。真好，这个世界，在我绝望忧愁的时候，总会有他给我安慰。

林总的全名叫林景泰。和所有来视察的领导一样，他来的这几天，我们每天都有会议，都是一些关于上级指示精神之类的东西，还有这边的一些业务考察，当然，还有一些我不知道的事情。

林景泰见我精神状态很不好，很关切地问我是不是有什么事，我说没有，我只是晚上没睡好。

林景泰在其他人的面前看起来是比较严肃的，可对我，却异乎寻常地温和亲切。

每天，杂志社有很多电话找我的，都是有过合作或者正在合作的大领导或者是小主管打来的，我都是选择性地接听。谁都看得出来，我已经是C城分部对外的全权代表。林景泰在会议上也多次对我的工作成效给予了充分的肯定，还号召其他省份的外联主管都要好好学习我的先进事迹。

我实在觉得这事有点过了，我一点也不在乎这些虚无的东西，我在乎的仅仅只是经济效益，所以，当他宣布总部会在年底给我发双份的特殊贡献奖奖金的时候，我的脸上才露出真心实意的笑容。我知道，米粒的手术肯定需要很多钱，耀扬在山区的工程已经转给别人在做了，基本也没有了收入，还赔了一大笔违约金给政府，因而这多出来的钱将起到一定的作用。

当我再一次见到耀扬的时候，他的头发已经变得很长了，乱蓬蓬地铺在额前。

“我都知道了。什么时候手术？”我问。

“现在天气太热，不利于伤口的愈合，可能缓一阵吧，已经在做前期的准备治疗了。”耀扬有些憔悴。

“米粒的情绪还稳定吗？别太担心，听简亦平说是早期，治愈的可能性是非常大的。”我安慰他道。

“我知道，平凡，你也好好照顾自己。”他平静地说。

“我很好，你别管我了。这里是五万块，你帮我交给米粒吧。”

我从包里把早装在信封里的钱拿了出来。

“平凡，我知道你关心米粒，但是这钱我是不会要的。别墅价钱卖得还不错，做手术没问题了。”耀扬拒绝接受。

“可我听说你在南山那边的工程因为转给别人，按合同付了一大笔违约金给政府，而且简亦平给你们的钱你也拒绝了。”我坚持要把钱给他。

“平凡，不管怎么说，这钱我是不会要的，希望你能明白。还有，我不希望米粒知道我们单独见面。”耀扬低头说道。

我本能地把手缩了回来，因为耀扬最后一句话，犹如一记耳光扇在我的脸上。事实上，他误会我了。我之所以这样，仅仅只是真诚地想帮助他们。当然，他可以不接受，因为他们连好朋友简亦平的钱都不接受，更何况是我。我又算是什么人。

“平凡，对不起，我原本不想这样说，希望你能理解我的心情，我……”耀扬似乎有些意识到自己说的话伤害到了我，他开始费力地解释。

“没事，我完全能够理解。都发生这样不幸的事了，你说的任何话我都不会介意，不会放在心上的。”我诚恳地说道。

事实上的确如此，他们正在经历生死的考验，我的一点小自尊，根本算不了什么。

耀扬的车沉沉地开走了，消失在我视线之外的C城的某个角落里，很多记忆的片段如电影般在我的眼前闪现。我拨通了小漫的电话。

“平凡，我正准备打电话给你，你在哪儿呢？”小漫先开口。

“我在家，你呢？”我无力地问道。

“我跟明治在逛街。你现在过来还是我们过去？”听得出小漫的心情很好。

“我过来吧，到了给你们电话。”我挂掉了电话。

我站在桂林路路口等小漫和明治，有穿着布满褶皱的白衬衣和蓝灰色劣质西裤的瘦高个子男人歪着头，斜着步子，自我感觉良好地靠着围栏站成了S形。S是女人的专利，男人故作姿态地站S形的时候是那么让人想呕吐。

小漫挽着明治的手，快步从街心走了过来，笑得很是明媚。

“平凡，你的脸又消瘦了，是不是被你们领导折磨的啊？”我和小漫挽着手，走进了旁边的一家甜品店；明治则像个侍应一样，紧紧地跟在我们身后。

这家甜品店的生意甚是冷清，橘黄的墙壁，照得人脸上有虚假的明亮。两三个侧头聊天的人，也是无精打采的。

“小漫，告诉你一件事情，你不要太过于惊讶。”明治在帮我们点东西，我忍不住要跟她说张米粒的事情。

“什么事啊，这么严重？”小漫不以为然地说道。

“张米粒她得了乳腺肿瘤。”我深呼了一口气之后说出了这几个字。

“不会吧，怎么会这样？什么时候的事？”小漫大吃一惊。

“从巴黎回来之前就有征兆，回来以后经过切片才证实。”我说。

“难怪她会折回来找耀扬，原来是怀孕的时候被抛弃了，还有难怪她那么急着和耀扬结婚，她真有心机！”小漫皱起眉头来。

“这个时候了你还说这些，有点人性吧你。”我没好气地说道。

“你叫我怎么去同情她？！她把你心爱的人当玩偶一样耍。要是我遇到了这种事，绝对是自生自灭算了，才不会跑回来找被自己抛弃过的旧情人。”小漫说。

“唉，这也许是个人求生的本能吧，她跟我们不一样。”我叹息，我不愿意听小漫再以这种口气去说张米粒，她也觉察到了。

“行，不扯那些了，但是你说这女人要是没有乳房该怎么活啊？”小漫说。

“可生命还是比乳房重要些吧？”我说。

“对女人来说，乳房跟生命一样重要，有时候比生命更重要。没有乳房，能叫女人吗？你不是前阵子还嚷嚷着要去丰胸吗？”小漫坚持她的观点。

我没话说了，事实上，也许在我的潜意识里，早被她的观点给打败了。

“别难过了，平凡，命运的安排都是我们想象之外的，任凭是谁，对于上帝安排好的命运，都只能伸手相接。”小漫摸着我的头，试图安慰我。

“我真不知道耀扬怎么办。”让我更忧心的其实是这一部分。

“我倒是觉得，耀扬或许早已经不喜欢她了，只是因为她的病才跟她在一起的。”小漫关心的重点在此。诚然，她跟张米粒的交情甚浅，也来不了太深的感触。她关心的是和我有关的这一部分，就如同我只关心和耀扬有关的那一部分是一个道理。

只是，现在来讨论耀扬对张米粒还有没有爱情，已经全然没有了意义。他们是一家人，一家人是怎么也不应该分离的。

“平凡，不开心的事总会过去的，这事不是我们造成的，而且我们又无能为力。跟你说一件开心的事情吧。”小漫神秘地说道。

“我真不知道现在这年月还有什么事情是令人开心的。”我说。

“当然有啊，我怀孕了，昨天知道的。”小漫贴着我的耳朵轻轻地说。

“你是说……真的吗？”我眩晕。

“当然是真的，不信你问明治啊。”小漫把明治拉到身边，明治幸福地低下了头，带着很羞涩的笑容。

这的确是让人非常开心的事——小漫的肚子里正孕育着一个小生命。我一直都相信，没有比死亡更黑暗的事，也没有比孕育生命更光明的事。

小漫，一个抛弃过无数个男人，自认为从来没有找到过真爱的女人，要为一个男人生孩子了。

“平凡，你知道吗？我发现我彻底爱上明治了，我现在一分钟也离不开他。最开始的时候，我认为我仅仅只是需要一个孩子，可现在我才发现，我需要的是一个他的孩子。这太重要了，是这个孩子让我明白，我是这么真实地爱上了一个男人。”小漫激动极了。

“小漫，太好了，你一定要幸福。”我热泪盈眶。

尽管我不止一次地认为，我们都还很年轻，我们有权利以挥霍青春的形式来折磨自己，可不知道从什么时候开始，我们的生活都开始了意料之外的颠覆。我身边唯一与我有关联的三个女人，一个已为人妻；一个即将为人母；还有一个，已经销声匿迹。

我紧紧地抱着小漫，仿佛抱住了我正悄然隐退的青春。有寂寞成群的男女从我们身边走过，相互间貌合神离。

张米粒的手术，定在9月初。8月里的某一天，明治要录节目，我陪小漫去医院做妇科检查，正好碰到耀扬陪着米粒从肿瘤科出来。张米粒知道，这样的事情，是再也瞒不过去了。于是，她像姐妹一样把我和小漫拉到一边，告诉了我们事情的全部真相，小漫摸到她两边的乳房都有细微的颗粒。

“你别着急，只是很小的颗粒，切除就没事了。”我安慰她。

“医生也这么说，我做手术也只是切除这些肿瘤颗粒。”张米粒的声音很沙哑。相信，在无数个与耀扬相拥而眠的夜里，她肯定哭过。

“小漫，你要做妈妈了，真替你开心。”米粒的祝福真诚中带着羡慕。

“米粒，你也会好起来的。”我和小漫异口同声。

我们交谈的时候，耀扬就站在杂草丛生的花坛边，他穿着薄薄的鸽灰色格子衬衫，站得笔直，他的样子还是那样明亮，但风吹起来的时候，他的脸上有了手足无措般的笑容。

我开始拖着小漫，隔三岔五地去看张米粒，因为我看得出来，张米粒并不排斥我们，她说和我们在一起聊天，时间会过得很快。

因为南山道路工程的违约，让耀扬在他们行业圈里的名声受损，C城附近几次的工程竞标都失败了，他只能暂时在简亦平的介绍下，去了C城一个新楼盘的施工现场做管理。

米粒本来就是个不太爱收拾的人，更何况又在病期。他们的房间里乱乱的，满地的杂物。我帮她煮我带过来的锡兰红茶，这种茶是稳定病人情绪的良方，我留了一大盒在他们的家里。

看起来，米粒的情绪比较稳定。我在翻一本旧杂志的时候看到有关恶性乳腺肿瘤的报道，恶性肿瘤在乳腺里蔓延的速度是很惊人的，癌细胞很容易扩散到整个乳房，很多人选择一部分一部分地摘除，但最后还是会失去整个乳房。

我没敢再看下去，心里有隐约的痛。不知道是为了米粒还是耀扬，抑或是为了自己。

这一天，我陪林景泰去时代广场的时候，顺路看见茉莉咖啡馆那个米白色的招牌已经取下来了，有工人正在把大盆的茉莉搬到别的地方。

林景泰说看起来这应该是个不错的咖啡馆，我说当然，这是极具品位的地方，马上就要被主人搬去巴黎了。

我在言语间无意识地透露出了自己跟咖啡馆的老板很熟，林景泰马上就听出来了。

“你跟这家的老板有交情？”他好奇地问道。

“对，有一些渊源。”我回答道。

说话的片刻间我想起了一年前把我堵在茉莉咖啡馆门口的那场大雨，我在那场大雨中上了耀扬的车，时光的记忆清晰得伸手可及。

我们的命运，在这短短的一年时间里呈现出了清晰的脉络。

我陪着林景泰挑休闲服，明天他和主编要去附近的骆驼山游玩，西装革履很不方便。林景泰买衣服很是干脆，只要基本如意，就会付钱去买。买好了之后，又坚持要陪我逛女士店。我挑了一副小小的、里面映衬着欧洲湖光山色的耳环，配着我宽大的黑色开衫，有一种别致的风情，我满意地笑了起来。

“你看，你就得这样笑，多好看啊。别老哭丧着脸。”林景泰由衷地感叹。

“哭丧着脸？我有吗？”我诧异道。

“当然啊，公司的同事都说太少看到你笑。”林景泰说。

我已经不止一次听到这样的话了。前几天，一个关系还不错的同事就在电梯里很严肃地跟我说：“平凡，认识你几年了，我很少见你开心过，也很少见你不开心过。你怎么老是那样面无表情？”

林景泰也这样说。我才意识到，我长久以来给人的印象就是一个冷漠的女人。这或许都是拜命运所赐。几乎所有的女人，都会在人生的某个时刻意识到自己终究无法与命运抗争，从而妥协于命运，把一切的苦乐哀愁、一切的不如意，都认定为是命运的安排。

我觉得我不应该这么矫情。除了出生的家境和后来遭遇的爱情，我的人生还是很顺利的。是的，除了出生的家境与后来遭遇的爱情，当我说出这两点的时候，自己都有些惭愧地笑了。对女人而言，这两样就是生活的全部，这两样都完全不如意，又哪有顺利可言。

我频繁地与简亦平见面，为的只是从他口里得知张米粒的情况，从而判断耀扬的处境。因为小漫的肚子一天天在发生变化，不可能再陪我去看米粒，我一个人去，似乎也并不是那么妥当。

我发现我仍放不下耀扬，我甚至深刻地认识到我之所以关心张米粒的真实原因还是因为我担心耀扬。换句话说，如果张米粒是个与耀扬毫无关系的人，我想我也不会如此关心她。

简亦平在C城除了茉莉咖啡店还有其他的产业，因而每天要处理的事特别多。我也知道了，他之所以不辞而别去了巴黎，也是因为去帮张米粒咨询乳腺肿瘤的治疗方案。而他把茉莉咖啡店搬去那边是在没认识我时就有这种打算的，那边有关系很好的朋友一直想跟他合作。同时，那个叫心子的女歌手总是让他不堪其扰。当然，不得不承认，他决定把今后的事业发展方向定在巴黎，跟我去南山找耀扬还是多少有些关系的。

但我知道，简亦平还是爱我的。他知道我见他多半是想了解耀扬的情况，这样的事实或许让他痛心不已，但他还是经常见我，而且每次都是一坐下就主动聊起张米粒和耀扬的近况。他知道我关心的是哪一部分，所以每次他说的都是我想要知道的。

这让我感到羞愧。

我羞愧的是我不该把自己的需要建立在别人的痛苦之上；我羞愧的更是，像我这样的人，本性或许并没有小漫说的那样善良。我关心的也只是我自己爱的人，事实上，我是一个自私的人。

或者，错就错在，我对耀扬的欲罢不能。爱情最危险的状态也就是欲罢不能，只有在这个时候，你才会明白，你的思维时刻都存在颠覆，你在上一秒做出的决定，下一秒或许就会毫不留情地被自己推翻，你连自己都不能相信了。

“耀扬太伟大了。”我哀哀地说，说这话之后，我又感到惭愧，难道我的本意是希望耀扬抛弃张米粒？

简亦平没有就这个话题和我展开讨论，或者，跟他说过这句话的人有很多。

“米粒明天下午做手术。”简亦平说。

“手术时间不会太长吧，你知道手术方案吗？”我问。

“应该不会太长，四个小时左右，听医生说就是把里面的肿块一点一点地切除。”

“那你会去吗？”

“当然。”

“那我可以去看她吗？”

“当然，我相信没有人会拒绝别人真诚的关怀。”

夜幕降临的时候，我披着耀扬的那件黑色大外套静静地坐在院子里不知谁遗留下的小木板凳上，迟迟没有上楼去。月光越来越明显地洒在清静的院落里，院子里的一株桂树开着满树的细碎花朵，风轻轻一吹，有细碎的花末掉在头发上。满院飘散着浓浓的香气，有小时候爱吃的糖果的甜味。有不太认识的刚串完门回家的老太太咧着嘴冲我笑，甚是可爱。我环抱着自己的双手，看着遥远的天际，宇宙的悠远、个人的苍渺，一切看起来都是那么虚幻。

我看到有人拉着长长的影子朝我走来，又是晚归的人。

目光循着影子过去，看到的却是一副让人难以置信的熟悉面容。

是耀扬。他穿着白色的很颓软的麻料衬衫，向我缓缓走来。月光下闪烁的树影，将他包裹着，他的轮廓既神秘又萧瑟，他的双手带着犹豫地搭在身体的两侧……我站起来，轻飘飘地朝他走去。

“平凡。”他轻轻地叫了我。

我还未来得及言语，他就走过来紧紧地抱住了我。我明显感到他瘦了，他的肩膀上有突出的骨头硌得我的脖子很痛。我的脸上开始有了来路不明的泪水，我仍然恍惚地怀疑我正在承受的一切动作的真实性。

“平凡，我需要你。”直到他的声音清晰地再一次传到我的耳边，我听见他的话语里有哽咽的成分我才相信，抱住我的的确是耀扬——那个让我青春光年损失殆尽的耀扬。

我没敢说话，我无法判断耀扬抱我的起因，我轻轻地闭上眼睛，失去了思考的能力。

直到他轻轻地松开了我，我才看清了他的脸。那上面愁容密布。

“你是因为担心米粒明天的手术对吗？”我小心地问道。

“平凡，医生昨天给米粒做术前检查的时候，发现她的癌细胞已经扩散到了整个乳房，明天可能会改变手术方案。”耀扬的声音喑哑而荒凉。

“你是说要全部切除吗？”我呆住了。

“是的。米粒还不知道，我去找过她的父母，想征求他们的意见，可他们离异后都已经不知去向了，听说都以劳务输出的方式去了印度尼西亚。”耀扬叹息道。

“但是现在的情况，也只能切除。癌细胞的扩散速度是惊人的，一旦扩散到内脏、骨骼，那就没办法了。”我说。

“平凡，我真的很担心米粒，她一定受不了。她还没有心理准备，她并不知道病情的严重性。”耀扬低下头。

“也许她只是暂时不愿意接受，我相信，每个得了这种病的人都应该对最坏的情况有本能的设想。”我不知道该如何安慰他。

“平凡，我现在才体会到当你需要负担的是一个人的生命这么重大的责任时，内心有多惶恐。”耀扬的眼眶湿润了，这是我第一次看到他伤心成这样。我知道这份伤心一半来源于对爱人的担心，一半来源于承付别人生命这种重大责任时所要担负的压力，我完全理解他的痛苦。只是我仍然不知道怎么去安慰他，我紧紧地握住他的手，不能言语。我只希望自己能帮到他，但却是这样的心有余而力不足。

耀扬埋下头，月光把他黑亮的头发折射成了苍白色。

低头的瞬间，我把脸贴在耀扬的肩膀上，突然看见了大院的铁门外站着穿着宽大的藏青色睡袍的张米粒。她十指纠缠，脸上弥散着绝望的神情，我松开了耀扬的手，呆呆地看着她。

耀扬纳闷地转过身，看到了迎面站着的像幽灵一般的张米粒。

空气凝固了起来，连月光都发出了凄厉的声音。

“米粒，你怎么跑出来了？”耀扬慌忙走上前去。

“把这个外套给她，她只穿了睡衣。”我脱下外套，搭在耀扬的身上。

张米粒却急速转身，朝着被大树遮住光亮的黑暗马路上跑去，她上了的士。

耀扬迅速开车追了过去，忽略了在后面狂奔的我。

直到这个时候，我才深刻体会到，耀扬是已经结婚的人，我们的一切，永远都是他家庭之外的东西。

我站在马路上，泪水如落雨般打湿了我的衣襟。

没过一会儿，我接到简亦平的电话，没有想到的是，米粒径直跑去的，竟是简亦平的家。我匆匆赶过去，那是位于清水街一栋名叫青慈别墅的青砖别墅。

别墅的黑色铁门是敞开的，通往客厅的木制大门也是打开的，里面透出黄色的亮光，我赶到的时候听到里面有争吵的声音。

我到的时候，张米粒正靠在简亦平的肩膀上嘤嘤哭泣，简亦平则像大哥一样拍着她清瘦的脊背。张米粒的胸部还是那样坚挺，伴着她哭泣的节奏上下起伏，做着最后的狂欢。

尽管我认为自己没有做错什么，耀扬的想法也很简单，他见我只是因为他需要一个能与他一起承担那份沉重的朋友。

但我还是充满了歉意，不管怎么样，米粒的处境也是我所担忧的。

耀扬靠在沙发上，一言不发。简亦平看到我后把米粒安置在旁边的靠椅上，迎了过来。

我没和他说话，而是径直走到米粒的身边。

“米粒，不管你相不相信，耀扬来找我，只是担心你明天的手术，没有其他任何的缘由。”我说。

“胡平凡，我知道你喜欢耀扬，你一直想把他从我身边抢走。现在我得了这样的病，正合你意，你是一个恶毒的女人！”张米粒的言语间充满了恨意。

“米粒，你不相信我，也应该相信耀扬，你不知道他有多爱你。”我说的是真心话，耀扬绝对不会因为张米粒生病而离开她，否则他就不是耀扬。

“胡平凡，你要是想从我身边夺走耀扬，我就死给你们看。”米粒什么也听不进去，只对着我歇斯底里地狂叫。

“米粒，只要你安心做完手术，我答应你，我以后再也不会见耀扬。”我不顾一切地许下了诺言，尽管我知道，这样的诺言对我来说意味着什么。她是一个病人，一个人失去了健康，就等于失去了一切；而我，即便是一无所有，也尚有健康，比她稍微好一点点，所以，我要让着她。

“你说真的吗？你真的以后再也不见耀扬了吗？你能做到吗？”张米粒走到我面前，眼神里满是寒冷的光。

“是的。”我点头的瞬间，感觉到有泪水顺着自己的脸颊流了下来，我侧过头去，看向黑暗的窗外。张米粒再说了些什么，我已经听不到了，一种锥心的疼痛从我的胸口蔓延到头顶。

过了许久，耀扬才起身，搀扶着张米粒和我们告别。

年轻的耀扬拖着疲惫沧桑的身体和米粒离开了，他走的时候，回过头来看我，目光是那么忧伤，这个时候，没有人能帮他，我也不能。

我伤心不已，却已流不出眼泪。简亦平默默地看着我，我相信，他也找不到安慰我的方式。

从简亦平的口里我知道，耀扬好不容易把米粒安抚睡了便出来走走，不自然地就来到了我住的院子，没想到米粒也尾随至此。

我试图向简亦平解释什么，简亦平微笑着说他都明白。

我想，他也许并不是很明白，只是明不明白对他来说不重要。他对我，从来就没有任何的要求。

“耀扬说米粒的病加重了，明天要切除的是整个乳房。”我对简亦平说。

“我已经知道了，也只能这样了。”简亦平叹气。

“可是她醒来后肯定会崩溃。”我担忧。

“我们也想象到了，可是，现在我们面对的是癌症，只要生命存在，精神的阵痛也许是时间可以平复的。”简亦平说。

“希望是这样。简亦平，你觉得我做错了吗？我真的没想过要跟她抢耀扬，耀扬永远是她的。”我说。

“我知道，平凡，在爱情面前，我们都可以伟大起来。”简亦平说。

天亮起来的时候，我和简亦平径直赶往了医院，米粒已经在做术前准备了。医院的白炽灯把她的脸照得惨白。她闭着眼睛任由医生在她身上进行一次又一次的清洗消毒，医生认真而严肃的表情让整个病房的气氛都不自然地紧张了起来。

我去楼下的西饼店买了绿豆煎饼和奶茶给耀扬和简亦平作为早餐，现在不吃东西，中午他们就更没时间也吃不下东西了；而米粒从昨晚起就不能进食了。

耀扬把东西接了过去，没有动，神情甚是凝重。

我又把东西接了回来，放在玻璃窗台上。

术前准备工作很是复杂，所有的程序完成之后，已经接近中午了，已经不能进去探视。我们焦急地坐在病房外面的长廊上，谁也没有心情言语。

我们知道手术并没有难度也没有多大的危险系数，但是，我们不知道怎么去面对术后的米粒。即将发生的场景让我们不敢去想象。

耀扬的眼睛里，布满了血丝，我担心等米粒的身体好转的时候，耀扬也彻底垮掉了。

我坐在这两个男人中间，一个是张米粒的丈夫，一个是她的好友。我算是个和她不太相干的人。我需要做的是，给这两个男人，特别是给耀扬一种力量，一种或许可以支撑他的力量。

时间在流逝，不知道过了多久，米粒被推进手术室，我们站起来跟着她的手术车一路前行。

她的眼睛里写满了恐惧，这一刻，是真正改变女人命运的一刻。米粒似乎还抱着某种虚无的幻想，幻想她出来的时候会和进去一样完整。

我转过头去，不敢和她的目光接触。

医生的手势告诉我们，我们只能到这儿了，手术室的门被紧紧地关上，活动的木门合页在做毫无意义的摇晃。

我相信很多人说的话，疾病就是一个沙漏，它能帮你筛出你真正的亲人、真正的朋友、真正关心你的人。

我想，这个时候，耀扬、简亦平甚至我，正执着地站在张米粒的手术室门口，我们当之无愧都是她最真心的爱人、朋友。

“平凡，你知道吗？米粒的父母并非她的亲生父母，她只是被裹着劣质的棉被放在医院妇产科的门口被人捡到硬塞给她现在的父母的。”简亦平很平静地说出了米粒的身世。看得出来，耀扬以前都不知道这样的事实。当然他也没有表现出特别明显的诧异，他的脸上有释然的表情，或者他一直都在困惑为什么米粒的父母一直以来会对女儿如此冷漠，由此看来，所有的事情都是有渊源的。

事实总是一步又一步以决绝的姿态被撕裂开来。

每个简单的面容之后都有一个曲折迂回的人生故事。

我想起了耀扬和她的一见钟情，或者，如果张米粒没有这样的身世，她也不可能遭遇和耀扬的一见钟情，那么，她生这样的一场大病，又有谁会坚守在她的身旁。

我突然有些明白为什么张米粒在之前很长的一段日子里，一直会给自己的爱留那么多的后备，会让好几段感情重叠着在自己的身上发生。因为她害怕失去，这是失去过太多的人的一种共性，事实上，我也是一样。

我突然意识到在我的身边，全是充满着传奇色彩、非同一般的人。

在我们的心里，有的是挥之不去的沉重。

下午五点半，米粒被推她进去的四五个医生以同样的姿态推了出来，主刀医生边走边取下脸上的口罩和浅绿色的袖套。

一个戴着实习证的眼镜男子右手提着一个红色的小桶，小桶里面用黑色的塑料袋装着从米粒身上切下来的乳房。他神情麻木地询问谁是病人的亲属，听到耀扬的回答后，他让他在红色表格里签下了“同意接收”几个字，还叫他检查一下实物，然后把那个小桶递给了耀扬。耀扬被迫提着自己心爱的人被切割下来的乳房，穿过长长的走廊。他不敢低头去看，这个时候，这样的东西也无须去试探虚实。耀扬的整张脸就像在荒原上看到的阴云密布的天空。

米粒因被麻醉还没有醒，被抬上床垫。我陪着耀扬把那一桶东西交给卫生科处理。在这些残酷程序的进行过程中，耀扬始终没有说一句话，都是我一个人，在旁边做着力所能及的决策性回答，诸如把这袋东西丢在垃圾站还是放进熔解炉之类的。

我们三个人，静静地坐在病房里，等待着米粒的苏醒。这个时候，米粒在麻醉药的作用下，睡得很沉。洁白的病号服，洁白的床单，洁白的枕头，米粒整个人陷在这片洁白中清瘦单纯得如一个初生的婴儿。

时间慢慢地流逝，直到她缓缓地睁开眼睛，全身也开始有了下意识的蠕动。有护理的医生走过来，嘱咐她不要乱动，并把她的被子轻轻掀开，把她的手拿出来，放在不会触及伤口的位置。被子掀开的时候，我们都看到，米粒的病号服是敞开的，她的胸前，围着一层又一层厚厚的纱布，除此之外，胸部平整得像一个男人。

耀扬轻轻地坐在她的身边，拉着她的手，问她好不好。

然后，就有豆大的泪珠从她的眼角滑落，她或许已经感觉到了身体的异样，她没有表现出我们想象之中的疯狂，而是出奇地平静，一种认命的平静。

然后，她紧紧地抓住耀扬的手，以惊恐万分的神情注视着我。

张米粒，一个二十五岁的女孩，像一个被抛弃在荒原沼泽里的孩子，从她的乳房被切掉的这一刻起，她能抓住的东西都充满着局限性和不可确定性。

我低头走出病房的时候，耀扬正一口一口地给米粒喂护理医生送来的流质食物，简亦平跟着我走了出来。

“米粒没事我就放心了，我也该走了。”我对简亦平说。

南雅医院门口，有带着暖意的阳光，从玻璃天台里倾泻下来，刺激着我的眼睛。

“你回去吧，他们那边肯定还需要帮忙，我自己回家。”我对简亦平说。

“平凡，米粒的手术结束了，我明天得回巴黎处理一些事情。”简亦平沉沉地说。

“还会回来吗？”我终于难以自持地流下了眼泪。

“会的，平凡。”简亦平替我拉开了车门，没有更多的言语。

我们自己以及我们周围的人多重的人生变故，似乎让我们对语言最原始的激情都丧失了。

第十章

/

平安夜的意外重逢

林景泰离开 C 城回北京之后，我们的办公条件也随着他拨下来的一笔笔办公费用而上了一个新的台阶。我有了自己独立的办公室，但我还是跟以前那样卖力去工作，甚至比以前更卖力。

我越来越觉得我最终的结果就是一个人孤独终老，所以我需要钱，需要更多的钱，无限多的钱。只要有足够的钱，我就可以与任何人脱离关系，老死的时候别人还能从我身边找到可以买墓地、刻墓碑的钱。我胡平凡从毕业起就一个人过，到死能不给人增加负担，这也算是功德圆满了。

当然，我仍然一如既往地关心张米粒术后的恢复情况，我在离开南雅医院的一周以后又返回到那里，替张米粒存了五万元住院费，然后默默地离开了。我决定再也不见耀扬，因为我答应过米粒。

C 城的 10 月，一切都是那样的不真实，午后透过酒馆的天井我看到天空里大朵的浮云，喝掉一大瓶洋酒再抬头的时候，这些浮云已经在杯光碟影中不知道飘向了何处。

我跌跌撞撞从酒馆跑出来的时候，已经是黄昏了，老男人们早已散回到各自的家里去了。在这些老男人离开之后，我一个人又在天井下喝了一瓶伏特加，感觉有点假，因为味儿比较淡。

我真他妈觉得得乳癌的应该是我，不知道有多少人说过女人喝酒容易得乳癌，耀扬也说过，可事实上，酒精却对我的身体没有造成任何的伤害，我在杂志社的例行体检时身体各项指数都很正常。于是我又想起，在我很小的时候，我妈抛下我的时候跟我说过："平凡，你一点也不平凡，你还在妈肚子里的时候，妈跳了一次楼都没把你跳下来，所以，你的命是天大的，你的一生也将健康无灾。"

又这样，不知过了多少天，这些天里，我还出了趟差，提回了很多当地的土特产。我已经很久没做饭了，于是找了个空闲的日子，我准备把东西搬到小漫家去。但拨了一个下午的电话，都是关机状态，我只好把电话打到了明治那里。

没过几分钟，明治就把车开到我院子里来了。

"明治，好一阵没见了，小漫还好吧？你看这大包小包的，我哪吃得了，这些都是小漫的最爱。"我炫耀道。

明治沉默着把东西搬进了后备厢。

“我都好一阵没和小漫联系了，她还好吧？”我问。

“还好。”明治笑了笑，道了谢就离开了。

即将做爸爸的男人，举手投足间都变得很稳重，一句多余的话也没有。

好在东西全送出去了，我突然也觉得幸福和满足起来。再拨小漫的电话仍然是关机，听说孕妇是很怕辐射的，小漫果然称职。

我知道，小漫过得很幸福，简亦平会去巴黎，耀扬和米粒继续做患难夫妻。

一切的前因后果都已成形。

我固执地认为，我还可以完完全全做回以前的胡平凡，那个穿行于老男人堆里在酒池肉林里挥霍青春的胡平凡。

我只剩下青春了，而且，青春也只剩下了残羹冷炙。

有时候，我真的很想去找小漫，想知道她和她肚子里的宝宝怎么样了。有时候，我也想去找简亦平，甚至想在他去巴黎的时候，去机场送送他，也不枉他和我相逢一场。但是，我知道，只要我去找他们，就自然而然会知道耀扬的情况。但我已经不想知道他的情况了，因为我答应过米粒，不会再和他有任何接触。

米粒的身体大概也恢复得差不多了吧，癌细胞没有扩散到身体其他部位，只要切掉乳房，一般不会有生命危险。

有生命存在终归是美好的，很多次，我在喝醉经过天桥的时候，总能看到一个个流浪者蜷缩成一团，一动不动，然后，在天亮的时候，就会有救护站的车开过来，检查这些人是否重病、是否死亡。

我又想起了叶灿，我们再也无法见到她了。

当我想起这些的时候，我又会疯狂地想念耀扬，想念他在月夜里找我时那个无助的样子，思考他沉重的人生。

每个与他有纠葛的女人，都给了他最为残酷的考验。

我帮不了他。

我能给予他的只能是相对的安静，不受打扰。

同时，我又觉得我应该珍惜现在的生活，我一直在积极和堕落的矛盾中前行。

白天没事的时候我还是满大街购物，然后在黄昏的时候沿着古墙根提着大包小包的东西回到住处，再把门紧锁，只开卧室里的小壁灯。

这样，就一直到了冬天。我在夜晚的时候用手蘸了水在窗户上画着大朵的不知名也并未存在的花儿，第二天清晨，它们就结成了冰凌，窗外有雪花飘过，孤单地停留在木制的窗格上，稍纵即逝。

这些天，网络上开始流行一种对生命的算法，那就是：一个人即使活到了一百岁也只能活三万六千天左右的日子，而平常人无非也就是两万多天。也就是说，我现在二十几岁，活到八十岁的话，也只剩下不到两万天的日子。都是两万，我自然而然地把两万个日子跟两万块钱用来做比较。花掉两万块，对我来说也就是一眨眼的事情，所以这种对生命的算法，我深恶痛绝，这也就是那些整天没一点事做，被饭撑着了的人干的缺德事。

当然，回过头来，不得不承认的是，时间确实是残酷的。

这一年，杂志社进了不少年轻的新同事，我的工作也越发轻松起来，很多酒肉的场合也不需要我亲自出马了，这是林景泰的吩咐：这么艰巨的革命工作需要不断培养接班人，况且平凡的身体也不是铁打的。

林景泰对我的关照，让我在杂志社的地位越发坚不可摧。

这一天是平安夜，这是在C城的年轻人中极为流行的西方节日，尽管我对这样的节日一点儿也不感冒，它唯一能触动我的是，它是耀扬和张米粒的纪念日。

这一天，同事们早早地围到了我的办公室。

“平凡姐，主编说了，你要是没什么意见，我们就一起去酒吧狂欢。你也知道，好不容易，一年一次的平安夜。”一个刚毕业的小同事说。

“我能有什么意见啊，主编说去你们就去呗。”我微笑着说。

“那可不行，平凡姐，你可一定得去，我们好见识一下你的酒量，学习学习啊。”他们看我心情不算糟糕就与我纠缠起来。

看着他们充满激情和期盼的眼神，我点了点头，整个办公室一片欢呼雀跃。我发现我很少直面这样的激情了，真羡慕他们。

晚上，我穿上新买的紫色小棉袄，套上编着花花绿绿小辫子的帽子，戴上橘色边框的眼镜准备出门，照着镜子，我都快认不出自己了，仿佛只有这样用陌生的东西把自己包裹起来才会有足够的安全感。

这是我从来没来过的酒库酒吧，里面和外面是迥然不同的世界：

里面是一个不需要负责任的世界，连音乐也是狂热到了极点。

我从欢呼着的同事手里接过了一瓶芝华士，咕噜几下就喝掉了半瓶。说实话，我已经有一段时日没有碰酒了，喝酒的滋味真是酣畅淋漓。

这里连音乐都充满着蛊惑和迷情，我的小同事们，早已散在各个角落和衣着妖娆的女子们聊天、调情。

我提着芝华士，在酒吧里漫无目的地穿行。有年轻的男子走过来欲摸我的脸，被我用酒瓶甩开了。在这样一个没有人认识、没有过去也没有将来的地方，反而让我越发孤独。

我想我是喝醉了，而且是醉得厉害，看到酒吧很多背对着我穿黑衬衫的男人，我都会情绪激动地把他们认作耀扬。

我甚至拉着角落里一个小同事的手，激动地告诉他："你看，你看，角落里那个戴蓝色围巾的男人，就是我爱的人，他叫耀扬，你知道吗？他就是耀扬。"

"平凡姐，你不会弄错了吧，这么热，这酒吧里哪有戴围巾的男人啊？"小同事摸了摸我的额头。

"平凡姐，你喝醉了，我先送你回去吧。"小同事继续好心地说。

"喝醉？你也太小瞧你平凡姐了，我什么时候醉过？我开始提酒瓶子的时候你还没出生呢。玩你的去吧，别在这儿烦我。"我大手一挥，同事小弟的眼镜被我打飞了，他赶紧拨开别人的腿满地找眼镜去了。

我开始去找我的耀扬。我一厢情愿地觉得，他就在我的身边。我想起了《向左走，向右走》，我总觉得，在我往左边去走廊的时候，他说不定正去右边的休息台；在我去往休息台的时候，他已经去往了门外……于是，我马不停蹄地辗转于这个喧闹嘈杂的小世界里，一边追赶，一边回首张望，不知不觉就走到了门口。

鱼贯而进的男女带着暧昧而喜庆的笑容迎面而来。在门口，有背着礼物沿街叫卖的圣诞老人，满脸带着寒风划过的痕迹。看起来才三十几岁的男人，背负着沉重的生活压力，早早地被剥夺了享受节日的权利。

站在街边，看到这个我并不认识的陌生男子，想起2006年那个与耀扬重逢的夜晚，想象着耀扬现在并不如意的生活，我泪如泉涌。

“小姐，别伤心了，我可以送你一个小娃娃。”男子看见我盯着他，泪眼婆娑，不明就里地从背着的圣诞树上摘了一个瘪着嘴巴、材质疏松粗劣的圣诞娃娃递给我。

我知道，这已经是生计茫然的他最大方的馈赠了。

原来，目慈心善是我们每个人的本能。

回到家的时候，其实还很早，九点不到。从严格意义上来讲，C城的夜生活才刚刚开始。尤其是平安夜这样的日子，C城是没有昼夜之分的。

一回到家，我就彻底清醒了。当然，也有可能是被冷风吹醒的，或者说，我根本就没醉。

因为衣衫单薄，披着一身的寒气，我赶紧冲了杯滚烫的蜂蜜西柚水端在手上。

然后，我就听到了敲门的声音，急促而坚定。我的房间，除了房东太太偶尔送点自酿的小吃到访一下，已经很少听到这样急促不断的敲门声了。

“胡平凡，你给我开门。”我听见有人叫我的名字，这样尖锐的声音与宁静祥和的平安夜气氛是那么的不协调。

我怔怔地走过去开门。

迎面冲进来的是张米粒，几个月未见的张米粒。

我愕然。

张米粒冲进来之后，并没有搭理我，而是在我狭小的房间里穿了几个来回，把每个角落搜索了一遍之后才站定在我的面前。

“耀扬呢？你把他藏哪儿去了？”她问道，眼神充斥着惊恐。

“耀扬？我都很久没看见他了。你的身体怎么样了，米粒？”我有那么一点弄清她的意思了，至少我知道耀扬不见了。

“胡平凡，你别在这儿假装了，你那么喜欢耀扬，肯定是你把他藏起来了。你告诉我，他到底在哪里？”张米粒完全不相信我的话。

“我真的没有。”她的口气让我觉得不可理喻，她似乎也从来没有让人理喻过。

我把西柚水递给她，想等她冷静了再问明情况。

“胡平凡，你这个坏女人，你把耀扬还给我。”张米粒似乎不领这个情，而是把我使劲一推。玻璃杯打碎了，西柚水洒在地毯上冒着若有若无的热气。

“你到底想怎样？我根本不知道你们之间发生了什么事情。”我烦躁地说道。

“耀扬今天没回来吃饭，我去他工作的地方找他也不在，听说早早就下了班。现在九点多了，他的电话也一直关机。他在C城没什么朋友，他不来找你找谁？”张米粒说。

“我还真希望他来找我。”我没好气地说道。

“你知道，没有他，我活不下去，我会死的，我去死好了。”她半跪下来，双手插进头发里，拼命揉搓着。

我赶紧上前扶住她，一听到“死”这个字，我很容易就被吓到。

“我发誓我真的不知道他在哪里，但是你也别担心，也才几个小时而已，他肯定是办事去了，说不定现在已经回家了。”我安慰她。

“不，他每天下班都会按时回家，每天中午都会按时给我打电话，每天晚上都会按时陪我睡觉……平凡，他从来不这样的。”张米粒趴在我的沙发腿上，号啕大哭起来。

“今天是平安夜，说不定他和朋友去喝点酒，喝醉了什么的，没顾得上给你打电话，这也是正常的啊。”我继续耐心劝慰。

“朋友？简亦平去了巴黎之后，他就没朋友了。当然，除了你这个与他纠缠不清的女人，我也不让他有其他的朋友，他能和谁去喝酒？”张米粒莫名其妙又暴躁起来。

“你这样是不对的，耀扬他应该过正常人的生活。况且，你现在的身体恢复得应该也差不多了，你不必这样管着他。”我开始有了无名之火。

“他是我老公，我不管他谁管他。”张米粒一句话就把我噎住了。我真是烦躁透了，这么长的时间，耀扬居然过着这样的生活。

我又回到了大街上，和一个我并不愿意与之一起的女人去寻找我愿意与之一起的男人。这个世界处处都充满着滑稽。

“你认为，我们该去哪儿找？”张米粒问我。

“我哪儿知道？他是你老公。”我没好气地用她噎我的话来回敬她。

“我已经很久没出门了，所有需要的东西都是耀扬下了班带回来的。”张米粒说。

“你好歹也是个有手有脚的人好吗，你怎么这么喜欢依赖别人？！况且，耀扬还要养家，他有那么多精力这样去伺候你吗？”我又开始来气。

“我是病人，他能不伺候我吗？”她不屑一顾，一副心安理得的样子。

“别老口口声声说自己是病人，不要因为你是病人就可以心安理得地去折磨别人。况且看起来，你的病也恢复得差不多了。你看这大街上这么多没手没脚的人，人家还不是一样靠自己讨生活过日子。”我就听不惯她的口气，也看不惯她这样的人。健康不健康并不是最关键的，关键的是她天生就认为别人对她好是应该的，天生的寄生虫。

张米粒不说话了，我又必须得去看她的表情，我怕话说重了又会伤害到她。跟这样的人待在一起即使是几分钟，也很是难熬。

几个小时过去了，我们这样盲目地寻找，无疑等同于大海捞针。我的耳朵冻得生疼。张米粒穿的是羽绒的大棉袄，戴着素淡的清一色的帽子围巾还有耳套，一看就知道是耀扬那个笨拙的男人买的，这决然不是张米粒的风格，因为她的风格，怎么着也是花红柳绿的。

而我，出来的时候胡乱扯了件呢绒的外套，脖子露在外面，一点也御不了寒，我冷的连牙梆也在颤抖。

“你难道，一点也想不到他会去哪里吗？”我对这样去找人失去了信心。

“不知道。”张米粒回答得斩钉截铁。

“你觉得会不会是回他父母家了？”我突然想起与耀扬断绝关系的他的父母。

“不会，他父母已经去加拿大他姐姐那儿定居了。”张米粒干脆地回答。

“不过，还算他们有点良心，他们走之前，还是给了耀扬一笔钱。”张米粒补充道。

我彻底无语，把良心用在这样的语境里，让我简直要疯掉了！我看都不想再看这个女人。

这时候，我的左边有穿着黑色大衣、戴着宝石蓝围巾的男人从面前晃过，他的围巾迎风飘到了我的脸上，我烦透了，正想诅咒几句，然而酒吧里戴围巾坐在角落里的男子突然闪现在我脑海里。

我晃晃脑袋，想确定自己是否清醒，难道我之前在酒吧里见到的男子果真是耀扬?

“耀扬，他有可能是在酒库酒吧。”我站住了。

“酒库酒吧？你确定？”张米粒用怀疑的眼神看着我。

“我也不能确定，去看看吧，这样找也不是办法。”我上了的士，张米粒也迅速地跟了上来。

平安夜的C城，到处都是拥抱着游街的情侣，谁说孤独的人是可耻的？在这样的夜晚还要陪别人去找老公，而且是自己的梦中情人，才是真正的可耻。

我觉得我可笑到了极点，他失踪，和我又有什么关系？我失踪的时候，也没见他来找过我，也没见他关心过我。他怎么会知道，自从认识了他，我就像背负了魔咒，欲罢不能。

可是，我没办法怪他，因为在这样的晚上，通过他身边最亲近的女人，我知道他事实上也过着如死灰般的生活。

酒吧门口，那个给我圣诞娃娃的男人，还站在那里，他不懂得叫卖，所以他背的那棵圣诞树上还有大半的东西没有卖出去，而且都是过了平安夜就会过期的圣诞玩物。我下车的时候，顺便从包里抓了点钱塞给他，又从他的圣诞树上拿了一份我自己也没看得清的小玩物。他显然已经不认识我了，满脸的受宠若惊，也未拒绝。

“胡平凡，你出手可真大方，一百块就买这么个破玩意儿。”张米粒不停地咂嘴，我没搭理她。

我们径直上了楼，我和张米粒走向不同的区域寻找耀扬。越往里走，我就隐约觉得耀扬离我越近。在慢摇吧的角落里，我看到了戴着蓝围巾的耀扬正和一个露背的妖娆女子贴着脸说话。

“耀扬，你在干什么？！张米粒来了。”我万万没想到我们再见面的时候，我充当的是一个通风报信的店小二的角色。

耀扬显然是喝多了，看到我时只有一脸的茫然，然后继续端起他的酒杯又灌了一杯下去。

在这样一个让人汗流浃背的地方，他紧紧地裹着我送给他的那条蓝围巾……他围巾的蓝，和我毛衣的蓝，极其相似，我的眼眶突然就湿润起来。

“怎么，你是他老婆？”妖娆女子马上紧张地站了起来。

“不是。”我条件反射地回答。

“那你吆喝什么，滚一边去。”妖娆女子大概以为我是来抢她生意的，很不耐烦地推开我。然后又转向耀扬，“咱可说好了，今晚你陪我。”

“不管我是谁，你的鸡爪子也不能搭他身上。”我朝她吼道。她那双肮脏的手搭在耀扬的背上，让我很是厌恶，我直接抓住她的手，把她从酒吧的高脚凳上拖了下来。

就在她拿起桌上的酒瓶要砸向我的时候，耀扬制止了她。

“她是我朋友。”他抢过了她手里的酒瓶。

妖娆女子愤怒地看了看我又看了看他：“你可不能这么不讲道义，我可是陪着你喝一晚上酒了，这么大的亏我可吃不起。你跟她走可以，但你得赔偿我损失。”妖娆女子不肯罢休。

耀扬显然是有些醉了，摇晃着掏出了钱包，我看见里面除了歪斜着一张五十块的绿票子和几张毛票外，什么也没有。

妖娆女子伸着头去看，显然看得比我更清楚。

“我去，早知道你是这样的穷光蛋，老娘还陪你喝什么鬼酒，什么破男人。”她激动得破口大骂起来，“没钱你就不要出来混啊，丢不丢人啊。”

她的话，句句刺痛着我的神经。我赶紧从口袋里扯出一把钞票扔到她身上，叫她赶紧滚。

妖娆女人的骂声尖锐，引来了围观的人，当然，也吸引来了在另一端找人的张米粒。

这样的架势，张米粒显然是一看就明白了。

她冲过来扯住耀扬的围巾使劲地推他、打他，耀扬喝多了酒，重心不稳，被她推一下就直接倒在地上了。她甚至还用脚一直踢着躺在地上动弹不得的耀扬，一边踢一边骂咧着。越来越多的人围上来看热闹，台上的乐队表演也停了下来。

我转过头，实在不想再看这种场面，但我想走却挪不开脚步，双腿好像嵌入了泥浆之中，眼泪啪嗒啪嗒地流了下来。

我调整了一下心情，去拖开张米粒，把耀扬扶起来。他还是一言不发，我在他空洞的眼神里也看不到任何的东西。

直到我把他拖出了酒吧，张米粒也没有过来搭一把手，而是一直跟在后面骂骂咧咧着。

就这样，我们回到了米兰阁。

还是一屋子的乱七八糟，垃圾桶里的果皮满得掉到了地上，窗台上扔着一些时装类的消遣图书，耀扬的衣服横七竖八地摊在沙发上。

就算是到了他们的家，张米粒也没有停止她的咒骂。

“耀扬，我没想到，你居然是这样的坏男人，你居然瞒着我去做见不得人的事情！你还是不是人啊？”张米粒把沙发上的衣服摔到了地板上。

耀扬就靠在门口的过道上，他显然是清醒了一些，他开始用手轻轻地拨弄着额前散乱的头发。

“钟耀扬，你给我说话，跟那些女人你不是有说有笑的吗？一回到家，你就板着一副死脸给谁看啊？

“你口口声声说对我好，对我负责，可是，你却是这样对我负责，你浑蛋。

“酒吧里那种货色你都看得上，你真是不挑的啊，真够恶心的！

“你还不说话是吗，你哑巴了，你这种没用的男人，你还回来干吗？”张米粒的话一句比一句骂得狠。

耀扬低着头，未还一句嘴。这样的情景让我难堪极了，转身欲离开，耀扬却拦住了我。

“平凡，谢谢你。”这是他今晚开口说的第一句话，我心情复杂地看着他。

他的头发，细碎而蓬乱，毫无精神地搭在额前；他的衣服沾满了酒渍……他显然是直接从工地上去到酒吧的，那双因为穿久了已经开始冒气泡的皮鞋上还沾了黄色的泥土。

此刻的张米粒一边吹着自己给自己泡的滚烫的茶，一边瞟着我们。

我嘴唇干涩，说不出一句话来。一个女人，要毁掉一个男人，真的是轻而易举。

带上门的时候，我与耀扬的目光相接，他的眼睛里闪着若有若无的光亮，被水浸着的光亮。

他的表情，却是全然没有了自尊的表情，任凭岁月流转。

回到家，我手脚冰凉地上了床，这个晚上发生的一切真实得可怕，每个细微的情景都如电影般在我的脑海里闪现。

皱巴的钱包和钱包里更皱巴的五十几块钱，蓬松的头发和皮鞋上鲜黄的泥土……

那个妖娆女人和张米粒恶毒的咒骂在我的脑海里排山倒海……

以前那个鲜亮的像披着阳光的耀扬仿佛根本就没有存在过。

这次意外的重逢，让我的心情糟糕透了，我疯狂地想找人说话。我不停地打电话给小漫，她的手机却一如既往地关机。我记得有人曾经跟我说过，别指望再和结了婚的女人保持朋友关系，她们一结婚，就陷入琐碎的家务里，怎么也抽不开身的。我胡乱骂了几句老天，就把电话扔开了。

过不了几分钟，我又重新把它拾起，我想起了简亦平，我给他拨电话。事实上，我知道他现在在巴黎，他在 C 城的号肯定是关机的。

没想到的是，电话里居然响起了彩铃。

“简亦平，你在哪里？”我的眼泪夺眶而出，哽咽得不能自持。我想跟他说我需要他，我需要他在我的身边，此刻，马上。

“平凡，开门吧，我已经在你家院子里了。”电话那边传来的是简亦平真真切切的声音。

我打开门的时候，简亦平的车正驶进我家的院子，车灯的光亮里是倾流成线的雪花。当我确定这不是虚幻的梦境后，我不顾一切地奔到雪地里，透过车窗激动地看着他。

“平凡，今天是平安夜，我刚到 C 城。”简亦平打开车门用衣服替我遮好头，继而微笑着说。

我紧紧地抱着他，所有的一切都变了，只有简亦平，一如既往，在我需要的任何时刻，他都会神奇地出现在我的面前。

……

第十一章

/

带我去巴黎

我要结婚了，这绝对是 C 城最大的笑话。

如果小漫知道了肯定会笑得满地找牙，因为我从跟她认识起就说自己惧怕结婚，哪怕刀架在我脖子上我都不会嫁人，可是，当我想把准备结婚的消息告诉她时，她的手机仍然是关机状态。

如果一定要追溯我之所以决定闪电结婚的理由，我想大概是在平安夜，简亦平很认真地对我说的一句话：平凡，我带你离开这儿去巴黎，我们再也不用回 C 城了。

是的，再也不用回 C 城，这是诱惑我结婚的最有价值的砝码。况且，简亦平，真的是一个不错的男人。

这天晚上，简亦平来接我去挑些首饰。我说只要是带钻的就行，我这样的暴发户是不太懂材质、款式、钻石产地、年代之类的。简亦平在一个个精心地比较之后选定的东西，连服务小姐都由衷地赞叹特别适合我。

我笑得很端庄，因为我即将成为别人的太太。

在简亦平的建议下，我搬离了那个温暖的院子。事实上，就算不和简亦平结婚，我也一样要搬离这里，因为院子外面的墙上在几天前就已经写满了红色的“拆”字。这个在我的单身生活里最温暖的地方也将在岁月的迁移中不复存在。

简亦平帮我搬着细琐的私人用品下了楼。微波炉、咖啡壶等生活器具都留给了房东太太，房东太太是个嘴巴很利索的女人，像送女儿一样把我送出了院子。

我和简亦平上了车，她朝着我们挥手。车启动的时候，我看到她在抹眼泪。

“多可怜的姑娘，总算嫁出去了。”坐在旁边晒太阳的老奶奶们因为耳朵不好的原因相互说话很大声。

“怎么了平凡？”简亦平疑惑地看着我。

我眼眶很难受，我从十岁起就一个人生活，不靠近任何与我家庭有关系的人。所以，从来就没有人为我的去留在意过。

“我想起了我妈妈，很多年前，她离开我的时候，一滴眼泪也未流过。”我抹完眼泪冷笑道。

“你妈妈？你是说你很小的时候，你妈妈就离开了你？”简亦平吃惊地问。

“是的，她走后没多久，我父亲也去世了。”我平静地说。

“你能再详细地跟我说说吗？”简亦平试探地问道。

“我八岁的时候我妈跟人私奔了，没过多久，我父亲自杀了。”我平静地说。尽管十几年了，我从来未曾跟人提起这场浩劫，但简亦平不同，他即将成为我唯一的亲人，我信任他。

“也就是，你父亲去世后的十几年，你都是一个人过的？”简亦平似乎不敢相信。

“是的，我穷困潦倒的父亲在我母亲私奔后为了给我留一笔财产，在加油站值班的时候点燃了汽油。”

“你是说，你父亲为了保险金点燃了加油站？”简亦平一个急刹车把车停在了路边。

“我父亲那时候已经近乎精神崩溃了，那时候你在C城吗？那年夏天，C城的上空，全是我父亲的衣服碎片，挂满了环城路的树枝。我就读的小学就在旁边，几百步的距离，然后，就有警察把我抱过去认尸。”我还清晰地记得当时的我看着七拼八凑的尸体整整一个月说不出话。

“平凡，我知道你的经历不平凡，但我真的不敢相信。我应该早认识你，早问你，我为什么不能早认识你。”他侧过身来抱住了我，这是我第一次听到他哽咽的声音。

“我原本发誓不会告诉任何人我之前的生活，可是，我还是告诉了你，就如同，我原本发誓我一辈子都不会结婚，但我还是决定嫁给你。”我平静地说。

我估计简亦平的内心肯定很震撼，这样的事情，谁听了都会很震撼，更何况是简亦平这种自小就生活在名门望族里的人，听这事大概就像看电视里编的不可思议的传奇故事吧。

花了十几年想忘的事，终归还是忘不了，所以，遗忘和时间没有关系。

与我单身生活有关的家什、物件，都被搬进了简亦平的家——青慈别墅。我也是后来才知道的，青慈别墅原本是民国某一位官员的府邸，在多年后，被简家以高价买了下来。

我有些不敢相信，我在一念之间就成了这栋别墅的女主人。当然，让我有些神情恍惚的并不是这个，而是，我胡平凡居然也开始跟另一个人有了从属关系。

简亦平小心翼翼地把我安置在别墅的房间里，给我热了一壶牛奶，看我喝下，帮我盖好被子，调好暖气的温度，然后带上门出去了。

我安静地躺在这个陌生的房间里。窗台上的茉莉过冬了，茉莉这样的花，一年中有半年都是盛开的，只要给予它合适的阳光、温度、环境，它似乎可以一年四季都开放，这一年，大概只有此刻才是温暖的。

房子的墙壁看得出来在我搬来之前新做了些改动，挂着一幅新油画，是简亦平在茉莉咖啡店里为我画的那幅。画中的我哀怨的眼神里藏着很多说不清道不明的东西，我自己都觉得难以看下去，而简亦平，却把它当宝贝，还照着它摹了好几幅。

这一觉，我睡得比任何时候都安稳，因为我知道，从此以后，天亮了，会有人叫我起床。

真的，人在醒来时是最孤独的。我独居时经常会早醒，醒来时，天总是还没有亮透，我为了逃避房间里噬骨的静默，总是趴在窗前，看路边不停变换的灯光、树和行人。

这一天清晨，简亦平亲亲我的额头叫我起床的时候，我正好从一场美梦里醒过来，心情愉悦极了，伸开手就要他帮我穿衣服。他从衣柜里取来我的衣服，一件件替我耐心地搭配起来。最后挑的是苹果绿的小毛衣和挂流苏的休闲裤。这是我从来都没尝试过的搭配，镜子里的我，看起来似乎是那样的单纯美好、不谙世事。

吃完早餐，简亦平径直把我送到杂志社的门口。辞职是我自己做的决定，放弃这份工作是离开 C 城的前奏。

我把辞职信直接放在主编的桌上，告诉他，即使是把我未结清的提成和工资全扣下不发，我也得走，义无反顾。

主编架着老花镜端详着我，知道已经没有挽留的可能，但他还是打了电话给林景泰，跟他说明了情况。看起来，林景泰对我的辞职似乎也并没有表现出多大的意外，倒是主编，一直在惋惜。

“主编，你也不用担心。现在社里已经和以前不一样了，这么多的新人，足够你用。”我安慰他。

“平凡，去财务结算吧，希望你有一个很好的将来。”主编一声叹息。

办完了一系列繁杂的手续，我迎着阳光走出杂志社，与无数个杯光酌影的日子告别。

尽管我一再跟简亦平强调，我们再也不要回 C 城了，他还是舍不得将这一处的房子卖掉。

尽管他的很多朋友知道他要去巴黎定居，对他这所别致的房子都垂涎三尺，出价不菲，但他执意不肯出售。用他的话来说，这座别墅闹中取静，很适合我一半冰山、一半火焰的性情，说不定有一天我还会怀念 C 城，因为我与这个城市有着阻隔不断的关系——开始我以为他指的是耀扬，后来才知道不是。

“平凡，手续还办得顺利吗？”简亦平拥着我进了休息间。

“还行，有客人来过吗？”我看到还没来得及收的客用茶杯，冒着余热。

“对，米粒来了，刚走。”简亦平简单地回答。

“她找你有事吗，她身体没什么问题了吧？”我淡然地问道，事实上，我并不期望他的回答，我不愿意再听到有关他们的任何消息。

“没什么，她只是知道我们要离开 C 城了过来看看而已，她的身体也恢复得不错。”简亦平简短地回答了我，他大概也看出来我对这个话题完全没有兴趣，甚至还有刻意的回避。

“对了平凡，妈妈过一阵会来 C 城，专程来看你，本来爸爸也要来的，但因为身体不方便就不来了。”简亦平开心地说道。

我知道简亦平的父亲已经六十多岁了，身体状况一直不太好，是不太能受得了舟车劳顿的。

“你还是叫妈妈在那边等着吧，我们反正办好手续就过去了。”我觉得没必要这么折腾，于是随口就说道。

“你不知道，妈妈看了你的照片，听我说了你的情况，惊喜得不行，迫不及待地要见到你。”简亦平回答道。

“有那么夸张吗？”被期待、被喜欢其实让我有些开心，我开始觉得结婚是一件神奇的事情，关于我开始和某一个家庭有密切关联的神奇的事情。

我和简亦平要结婚的消息在C城开始蔓延开来的时候，我还是没接到任何人的祝福，因为C城没有几个人认识胡平凡；即使认识，他们也断然不会相信这个要和简亦平结婚的胡平凡会是他们认识的那个胡平凡。

晚上，简亦平的朋友圈有个聚会，这是我和简亦平第一次以情侣的身份参加这样的聚会。自从和我在一起以来，每每遇到这样类似的聚会，简亦平一般都是能推则推，因为我不愿意在这些场合里露面，简亦平很尊重我。这一次，是一个德高望重的地产界前辈的宴请，不好推辞。

这是位于C城边缘处的一栋大楼的四十层的旋转餐厅，在C城久负盛名。我却没来过。因为这不是市区，我也没车，我不可能打的士或者坐公交车来这儿吃上几千块一顿的饭。

我和简亦平说这餐厅不会真在转吧，等下我晕倒了怎么办啊。

简亦平笑得很夸张，笑容里还充满着宠溺：也只有你问得出这么可爱的问题。当然不会的，坐在上面，你是感受不到它在转动的。况且，要真的旋转，有我在，也不用怕，我会抱着你的。

我发现，跟简亦平在一起，我一般不用脑，所以智商也有些退步了。

简亦平就这么优雅地搂着挂着不自然笑容的我，走进了这家人声鼎沸的餐厅。

马上就有人快步迎了上来。

“亦平，这就是你未婚妻吧？气质果然不一般。”他称赞着我，我知道这是一种社交辞令，不代表我真的气质多好。

但我知道，在简亦平的眼里，我的气质是这个城市，甚至这个世界最好的，无数次，他看我的眼神里，那毫不掩饰的爱意，都让我很感动。

大厅里有太多与简亦平相熟的人，他们在一起亲切地交谈，把他们一一介绍给我。后来，他怕我穿着高跟鞋站得太累，扶我到拐角的沙发上坐下休息。他去应酬的时候，我尝着淡淡的果酒。

我知道，这是我新生活的开始，简亦平将把我带进他的生活里，我生活的内容和形式也将发生颠覆从前的变化。

餐厅里来来往往的宾客，这些人的身份代表着C城的整个上层，还有妖娆高贵的女子萦绕在他们的周围。从某种意义上来说，女人永远都是男人的陪衬，像我这样个性独立的女人亦是简亦平的陪衬。

我安然地端详着眼前的一切。

“你就是胡平凡？”有人在我身边坐了下来，是一个盛气凌人、充满压迫感的妖娆女子。

可能因为我没有任何妖娆的气质，所以我习惯于把一切跟我不同类型的女子归类为妖娆女子。

可眼前这个女子，的确妖娆。

她穿着黑色的镶钻礼服，肩膀全部裸露在外面，戴着闪亮的钻石项链。在她的珠光宝气面前，我似乎在一瞬间黯然失色，因为我从不戴那些东西。

“你是？”我疑惑道。

“我是心子，你听过我的歌吧？”她挑动着迷人的眉毛，骄傲地回答。

“心子？”我突然想起小漫跟我说过这个人，唱歌的，一个喜欢简亦平五年的三流歌手。如果不是因为这个，我大概记不起她了，我很少看娱乐新闻。

“哦，我好像没听过。”我实话实说。

“没关系，我认识你就行，喝一杯怎么样？”她尽力掩饰脸上的不悦。

“我不太会喝酒。”我违心地说道。事实上，我是不想跟她喝酒。

“一看就知道，不然怎么会喝果饮。但是，好歹我们也第一次见面，喝几杯没关系。”她坚持道。

我也没再拒绝。

心子自己去酒柜里取了一瓶威士忌，我看到远处的简亦平仍然被围在男人堆里。

“马上就要嫁给简亦平了，很兴奋吧？”她给我倒了满满的一杯，口气里有些轻蔑。

“还好吧，不过他好像比我更兴奋。”我与她碰杯。我胡平凡也是混江湖的，也是有两把刷子的，就她这么几句风凉话，想气到我，根本不可能。更何况，简亦平对我的爱让我在和她的对话中底气满满，从一开始就注定我占上风。

她的脸瞬间暗了下去。

“行，什么也不说了，为了你们的幸福婚姻，陪我多喝几杯。”她黯然地说道。

她的表情神态突然让我回想起一年前的那个春天，在耀扬婚礼现场的我。一切恍如昨日。

我一口喝下一大杯的威士忌，她神情愕然地看着我，然后又莫名其妙地走开了。

接下来发生了什么我就不知道了，因为我已经失去意识了。

清醒过来，已经是三天后的黄昏。

南雅医院的特护病房。

在我的周围除了医生，还站着三两个警察，握住我手的是坐我旁边的简亦平。

“平凡，你醒了，平凡！”简亦平看起来激动极了，医生也赶紧围了过来。

“醒了就好，醒了就没事了。”医生也亲切地说道。

“发生了什么？”我诧异地问道，我想坐起来，却四肢无力。

“没什么，你还记得你在旋转餐厅喝了威士忌吗？”简亦平轻声问道。

“好像是的。”我努力回忆那天的情景。

“平凡小姐，你能不能把那天的情况详细跟我们说一遍？你喝的威士忌里面有工业酒精，我们怀疑是有人蓄谋的。”警察围到我身边来了，其中一个还拿出了纸笔要做笔录。

“工业酒精？”我吃惊到了极点。

我想起那天心子提来威士忌之后慌张的表情，而且，喝一杯威士忌对我来说就如同喝一杯清水，可那天，我才喝完一杯就脑袋剧痛。

“你那杯威士忌里面的工业酒精足以让人大脑受损，变成植物人。所幸你命很大，现在身体各项指标都恢复了正常。”医生在旁边补充道。

“植物人？命很大？”我感觉到我的头又剧烈疼痛起来，简亦平把我抱在他的怀里。

“对不起，她刚恢复，需要休息，笔录稍候再做吧。”简亦平把警察请出了病房，医生们也在嘱咐完我好好休息之后离开了。

“亦平，他们的意思是，心子在我的酒里放了工业酒精，她要害我变植物人？”我吃惊地问道。

“大概是的，我听服务生说心子自己开的威士忌，他们还看到她陪你喝酒。”简亦平满脸沉重。

“平凡，对不起，我没想到会发生这样的事情。你放心，警察已经传讯她了，这件事情很快就会有好的处理结果。”简亦平紧紧地抱着我，充满歉意地说道。

“如果真是她干的，那会怎样？”我问道。

“判刑吧。”简亦平简短地回答。

“那如果这一次我死了或者变植物人了，她就得死？”我继续问道。

“大概是吧。”简亦平有些诧异地回答道。

“我明白了，也就是说，心子为了你，愿意与我同归于尽。”我叹息。

简亦平没有说话，只是更紧地抱着我。

接下来的几天，那天参加聚会的简亦平的朋友们络绎不绝地来看我，几乎所有的人都说，心子是一个恶毒的女人，为了爱情，她什么都干得出来，她这样的人必须受到法律的严惩。

心子要害死自己情敌的消息在 C 城不胫而走，这个三流歌手在 C 城彻底身败名裂了。

而我，放弃了对她的追究，对那天的事情绝口不提，警察问我喝的威士忌是不是心子给的，我矢口否认，我说我不记得自己是随意在哪里拿的，因为也没有造成太严重的后果，警察只好以证据不足为理由，放弃了对心子的追究。她则在某一个下着春雨的清晨离开了 C 城。

简亦平对我的做法未发表任何意见。其实连他也不知道，我之所以不追究，仅仅是因为我从来不认为愿意为爱情牺牲自己的女人是恶毒的女人。

她离开去了哪里，大概也只有我知道。因为一个月以后，我收到了从荷兰寄过来的一束粉色郁金香，代表的是永恒的祝福。

这个危及生命的插曲，反而给我带来了一丝鲜亮，一丝因挽救别人人生而得到的鲜亮。

我出院搬回青慈别墅之后，我们的生活恢复了原有的平静和安宁，简亦平对我的关怀与照顾愈加地无微不至了。

时间的流淌总是任意妄为、不计后果。

紧接着，就是我们的婚期近了。

我要结婚了，每天清晨从毫无规律的梦中醒来我都会一遍一遍地向自己重复这即将发生的事实。

事实就是，结完婚后我就会离开 C 城，再也不回来了。

每当想到这里，我都会躺在床上无意识地傻笑，然后等待着简亦平带着期待和欣喜的脚步声从走廊上传来，等待着他像我父亲一样耐心地替我扣好衣服的每一粒扣子，然后抱我起床。

我起床以后总会安静地坐在这个清静的院落里。简亦平在 C 城的事情基本上已经处理完了，剩下的都是一些可有可无的告别饭局——为了陪我，都被简亦平推掉了。我越来越清醒地认识到，我已经一步一步坚韧有力地踏上了离开 C 城的步伐。

这天傍晚，简亦平临时接到电话出去了，菲佣艾迪在厨房里忙着做晚餐，电话铃响了，我看着韩剧，久久才起身去听电话。

“喂，你是？平凡？”我听到一个中年女人的声音。

“是啊，请问你是？”我眼睛还盯着电视，一个年轻女人在歇斯底里地哭泣。

“我是简亦平的母亲。”电话那头说。

“啊？你是阿姨？我……”我马上紧张起来，这是我和简亦平这个大家庭的长辈第一次通话。

“平凡，你该叫我妈妈了，亦平在吗？”简亦平母亲的声音听起来非常慈祥温柔，甚至还有一点激动，我总算松了一口气。

“他刚出去了，一会儿就回来，他回来我叫他给您回电话吧。”我礼貌地说。

“好的，平凡，我明天的航班，后天中午一点到，希望能尽快见到你。”简亦平母亲在电话那边兴奋地说。

“啊！那真是太好了，我也想能尽快见到您。”我心跳加速，挂完电话半天都有些回不过神来。我有些不敢相信我已经与简亦平的家长有了第一次的交流，我马上就要融入这个温暖的大家庭了。我开心地继续看还没哭完的韩剧，直到外面大雨滂沱。

没过多久，一束光亮在落地玻璃窗前一晃而过，我就看见简亦平的车驶进了别墅院子的空地上，我赶紧拿起伞出去接他。

“怎么衣服都湿了？你在外面淋到雨了吗？”我纳闷着给他去客厅的移动衣橱找外套，却不记得他放外套的衣柜是哪一间，他自己倒是很利索地找了衣服和干毛巾出来。

“你妈妈刚打电话过来了。”我说。

“平凡，是我们的妈妈。”简亦平嗔怪道。

我羞涩地笑着没有接话，突然多了亲人，感觉有些不自在。

“妈妈跟你说了什么？”简亦平擦着头发，充满爱意地看着我。

“没说什么，她说她明天的航班，后天中午一点左右到，但我好像忘了问她航班号，我以为你知道。”

“她也没告诉我，没关系，去查一下时间就知道了。”

“时间过得可真快，我们办完手续就跟妈妈一起去巴黎对吗？”我问道。

“对，我们马上就要离开这里了。平凡，你不是一直期盼着去巴黎吗？”简亦平用空闲着的另一只手温柔地抚摩我的头发。

这个时候，他的手机又响了起来。

我听到他只是简单地“嗯啊”了几声就挂掉了。

“平凡，我还得出去一下。”他把毛巾丢下，双手抱过我的肩。

“你去哪儿？”我好奇地问道。

他却没有正面回答我的问题：“我去处理一点事情，十二点前会回来，我一会儿让艾迪陪你一起看电视。”他说完后亲了亲我的脸颊，在我充满疑惑的目光中开车走了。

简亦平回来的时候，我已经睡着了。尽管我能感觉到他在睡前亲吻了我的额头，但我还是因为困到极点睁不开眼睛。

我只知道，我醒来的时候，我的头正埋在简亦平的臂弯里。他还在熟睡，我紧紧地抱着他，就如同抱住我来之不易的幸福。

这个男人即将成为我的丈夫，在我孤独漂泊、自生自灭了十几年之后，我终于可以把我的人生交付给一个对我不离不弃、如父亲般能给我今生安妥的男人。我不得不承认，寻求温暖是每个人的本能，无论你有多坚强、多独立。

没过多久，简亦平也醒来了。

“亦平，过了这些天，我们就要去巴黎了，永远离开这儿。”我坐起来，看着窗外微笑着对他说。

“平凡，我的宝贝，我每天都听到你说这句话。你真的对C城没有一丝留恋了吗？”简亦平也坐了起来，给我披上羊绒睡袍。

“没有了，我说过，我希望再也不要回到这里了。”我坚定地说。

我和简亦平吃完早餐，在院子里散步的时候，清风里已经有了春天的气息。有工人正在收拾昨夜大雨刮下的枯枝散叶，阳光洒在被水包裹着的叶子上泛着刺眼的光芒。

“对了，亦平，昨天大雨，你去哪儿了？”在冒着新芽的胡桃树下，我随意问道。

“去找一个朋友，他碰上了点困难。”简亦平回答道。

胡桃上有夜雨留下的大滴水珠正好落在我的脸颊上，我赶紧用手将它拂去。

……

我庆幸生活赐予我一个让C城所有单身女性都为之疯狂的男人。就连菲佣艾迪也在几天前暗地里跟我说：“小姐，我跟随简先生多年。简先生这样的男人，遇人无数，都是极致的美人，但都未曾让他动过结婚的念头，你真是不一般。”

我知道她说这话是为了在我面前讨巧，我微笑着未搭她的话。诚然，在很多人的眼里，我是一个传奇般的人物，甚至把我妖魔化了，他们始终认为一个声名显赫的家庭不应该同一个来路不明的家庭联姻。而我，丝毫也未觉得他们的想法有何不妥，因为我即将切断与C城的一切关联，C城人的一切，都与我毫无关系，随便他们怎么说，反正我也听不了几天了。

简亦平是真的爱我，是如假包换地爱我，夜半三更他睡意蒙眬翻身的时候，也会找到我的手，握在胸口。

白天，他也不止一次地跟我说：“平凡，你真是上天赐予我的珍贵不凡的礼物。”他的这句话几乎让我激动得热泪盈眶，除了我爸，大概就只有他会这么认为。

这一天，是简亦平的母亲到C城的日子，不偏不差，也是我和简亦平登记结婚的日子。

“我们是先去登记，还是接完妈妈再去登记？”喝完早茶，我问简亦平。

“还是先去登记吧。”简亦平若有所思地说道。

“那好，如果她不喜欢我，你可别后悔。你知道，我人缘是很堪忧的。”我半开玩笑半认真地说道。

“这点不用你担心，妈妈一定会非常喜欢你。”简亦平握住我的手。

“就算她对我还算满意，但是我很久没有跟长辈相处了，我完全不懂要领。”我隐约有些担忧起来。

“没关系，习惯就好了。况且，有我在呢，没什么问题的。”简亦平宽慰我道。

临近中午的时候，简亦平的电话连续不断，我和简亦平登记的日子，对C城上流社会的人来说，是公开的秘密。我始终安静着，连我唯一的好朋友小漫，也一直联系不上。简亦平特地去打听过，他们已经搬离了原来的住所，连明治也已经离开了原来的电台。一对幸福的男女，在C城隐居了起来。

“在现实的世界里，想要得到幸福，就必须把自己隐藏起来。”这是明治很久前对我说过的话。

我离开C城去巴黎，又何尝不是一种隐藏。隐藏在喧闹的世界深处，这样，我们才能得到幸福。

我们计划先去登记，要是时间还来得及就再去机场，如果时间不够，就叫司机去接了。简亦平的母亲说，千万不要因为她而耽误登记的吉时，我们的结婚证，就是给她的最好的礼物。

我平静地换上了简亦平给我新买的粉色 CHANEL 套装。他认为，登记是一件非常严肃的事情，因而衣着上也要正式些，他自己也是西装革履，一派非常正式的装束。

简亦平是如此的帅气俊朗，他的脸上，充盈着幸福的光华。

我看着他，也幸福地笑着，直到院子里传来了吵闹声。简亦平诧异地快步往外走，我也跟了出去。

铁门外的人被艾迪胖胖的身体挡住了，有修剪花草的工人围在一旁。

“简先生说了，今天不接待客人。”我听见艾迪的声音。

“你难道不认识我了吗？我是你们先生最好的朋友，赶紧给我让开。”与她争执的是张米粒，她的声音在我的脑海里已经扎下了根。我看了看简亦平，他皱着眉头，神情凝重，我疑惑地听外面的对话。

“可我们先生说了，今天谁来都不接待，你还是改天来吧！”艾迪继续无奈地解释。

“那行，你叫你们先生出来，我见了他就走。”张米粒不肯罢休，奋力推开了艾迪。

简亦平快步走下台阶，穿过树荫走到铁门边。

我看见他叫开艾迪，张米粒瞪了他一眼之后怒气冲冲地走到我的面前。

“胡平凡，瞧你穿得多像一回事，找你可真不容易。”

然后她狠狠地瞪了我一眼，走进客厅，自己倒了一大杯水喝了起来。

我不明就里地看着简亦平，他的脸色阴沉得有些难看。

“米粒，我说过了，有什么事明天再说。”简亦平跟着她走进了客厅，我也跟了过去。

“明天说？明天就来不及了。这个女人，毁掉别人的一切，自己却马上要拥有一切，我能等到明天吗？”张米粒冷笑着说。

“张米粒，你到底在说什么？”我有些急躁起来，无论我走到C城的哪个角落，这个女人都会让我不得安宁。

“胡平凡，耀扬走了，他抛弃了我，这一切都是你造成的，你这个恶毒的女人！”张米粒在客厅里号啕大哭起来。

“你说什么？耀扬走了？”我顿时心里一惊，继而又马上想起上一次耀扬去喝酒的事。张米粒现在管耀扬就像管一个家什一样，耀扬偶尔出去透透气也正常。

“说不定他只是出去透口气，你至于这么大惊小怪吗？”我说。

“你自己看看这封信！你这个恶毒的女人，你毁掉了我的一切，我也不会让你好过。”张米粒甩出了一封信扔在我的身上。

这是我在决定结婚以后，第一次直面有关耀扬的消息，我打开那封信的时候，手不停地颤抖。

米粒：

我决定离开C城永远不再回来了。我知道，逃避对男人来说是非常不齿的行为。我也知道，即使我走了，我也将背负着对你的愧疚永世不得安宁。

但是，我必须得走。不得不承认，我们的一见钟情是多么美妙的事情，但生活是残酷的，我无法跟你继续生活下去。我愿意把我拥有的一切都给你，除了我的一生。

你说平凡要结婚了，这个消息击碎了我的心。我才意识到，我远不如我想象中的坚强，我是这样不堪一击。我曾经在南山和平凡生活过一小段时间，我想，那才是真正意义上的男人和女人的生活，是我无限向往的生活。现在她要结婚了，她要将她的人生交付给一个值得交付的人，我应该为她感到高兴，但更为我自己的生活感到迷茫和失落。至此，我才发现，平凡才是我想要与之生活的女孩。

米粒，我知道你需要的是财富带给你的安全感，如果没有疾病，你也不会和我在一起。而我，把我所有的财富都给予你，还包括我父母在C城的房子，他们也愿意将之给予你。

耀扬

这封信让我明确了耀扬其实爱过我的事实，因为这个事实，我的全身都开始抖动，眼睛也生痛起来。

“平凡，对不起，这件事好几天前我就知道了，请原谅我。”简亦平用低沉的嗓音对我说。

“你这几天，包括昨天晚上，都是为这事出去的，对吗？”我问。

简亦平点了点头。

“胡平凡，耀扬那条戴了一个冬天的围巾原来是你送给他的，你还跑去南山找他，原来你是这样的坏女人！”张米粒抢过我手中的信把它撕成碎片。耀扬深爱着我的事实被她在这样一个不同寻常的中午撕碎了。

顷刻间，我的心像沉入了冰冷的深海。

“米粒，够了！”简亦平握住我抖动的手。

“简亦平，我真不明白，你居然这么袒护这样一个背着你抢别人男人的女人。你早就知道她的心里只有耀扬，你还要跟她结婚，你是个十足的疯子！”张米粒歇斯底里地叫喊。

“平凡她受的苦已经够多的了，你不了解，请你不要再来伤害她！”简亦平神情痛苦地替我辩驳。

“她受的苦够多的，那我呢？我从巴黎回来跟耀扬结婚，以为他会是我一辈子的依靠，谁知道连他也抛弃了我。如果没有这个女人的蛊惑，耀扬他不会抛弃我，他一定不会抛弃我。”张米粒扑向我。

我未曾躲闪。在她即将打到我的时候，简亦平拉住了她，我看见她扬起的瘦弱的手上爆起一根根的青筋。

“简亦平，我怎么碰不到你这样的好男人呢？耀扬他抛弃了我，他不得好死，我要他不得好死。”张米粒号啕大哭起来。

她骂我也就算了，但她骂的是耀扬，她的话那样恶毒，让我难以忍受，我甩开了简亦平。

“张米粒，我很同情你的遭遇，但是，你弄错了耀扬出走的原因。他出走是因为他对生活绝望，他已经不知道该怎么为你付出了。你像抓一粒棋子一样把他抓在你的手上。你被别人抛弃了，来找他，他接受你；你生病了，他为了你安心做手术而与家庭决裂与你结婚；在你生病的这些日子里，他像个仆人一样伺候在你的身边……除了工作，他放弃了所有的私人生活，他连在平安夜想去喝酒身上都只有五十块钱……他为了你，已经失去了自由的生活。而你，始终都认为他对你做的还不够。张米粒，你是个自私的女人，你根本没把耀扬当男人。是你不堪入耳的咒骂和自私的性情逼走他的。耀扬离开你是他人生做的最正确的选择，他对你已经仁至义尽了，没有哪个男人能做到这样，张米粒，你活该！”我激动地朝她叫骂着。

简亦平怔怔地看着我，陷入了手足无措之中。

张米粒停止了哭泣，也怔然地看着我，许久才回过神来。

“胡平凡，你那些自以为是的道理先说给自己听吧。是，我不爱耀扬却要和他结婚，但你想想你自己呢，你明明不爱简亦平，却还不是要嫁给他。如果说我利用男人，你还不是一样，如果说我当耀扬是棋子，你还不是当简亦平是棋子，你比我高尚吗？你敢说你爱简亦平吗？你敢吗？”她指着简亦平，瞪着我，口水几乎要喷到我的脸上。

“我当然敢，我爱简亦平，我要跟他结婚，我要嫁给他，我爱他！”我顿了顿，大声地说。

这句话给简亦平的震撼是可以想象的。我决定和他结婚的这些日子以来，他从来没有问过我爱不爱他，却不止一次地跟我说，平凡，即使你不爱我，我也一样要给你幸福。

此刻的简亦平激动地把我揽入怀中，紧紧地抱着我，我感觉到他的身体在微微颤抖。

“平凡，谢谢你。谢谢你这么说，谢谢你爱我。”他那么稳重的人，竟然开始哽咽起来。

张米粒黯然地瘫坐在沙发上，她把耀扬的事情，当成破坏我幸福的砝码，然而她失算了。“平凡，你和米粒都先休息一下吧，晚点我们再去登记。”简亦平轻声说道。

“不行，我们去登记，我一刻也不想再等。”没等张米粒反应，我拿起证件，拖着简亦平往外走。事实上，这个时候的我，不知道是身体问题还是精神原因，几近眩晕。我知道我如果现在不去登记，那时过境迁，我大概又会陷入到一场错误的纠缠中，永世不得安宁。

我只知道，谁都不能破坏我胡平凡的婚姻，即使是那些已经过期的真相。

因为过期的东西，已经回不了原味了。

“平凡，你考虑清楚了吗？”简亦平静静地看着我。我知道，他的意思是说，既然耀扬也喜欢我，我可以考虑放弃和他的婚姻，再去找耀扬。

“我想清楚了简亦平，就算发生天大的事情，我也要和你结婚，和你一起离开 C 城，再也不回来了。”我坚定地说。

在听我说完这些的时候，张米粒黯然地离开了。

我厌恶真相，我要彻底地远离会让我来之不易的幸福土崩瓦解的真相。

几分钟后，简亦平的车飞速行进在前往城北民政局的路上，这是一条新修起来的路。

简亦平的车飞奔着经过我父亲自杀的加油站所在的那条道路时，我隐约还能闻到那一年浓郁而惨烈的油烟味道。事实上，C 城已经没有人记得那场灾难，加油站所在的位置已经被一个超市取代，很多人进进出出，一派宁静祥和的景象。

我捂住了脸，不想让简亦平看到我悲伤的样子。

这个破民政局，坐落在一个非常不起眼的小街道上，我们七弯八拐才找对地方。

还好，接下来我和简亦平的登记手续办理得非常顺利，虽然没赶上简亦平测的吉时，但我所期盼的现实安稳的生活却已尘埃落定，我似乎能感受到上天赐予我的幸福正排山倒海般滚滚而来。

“简亦平，不知道妈妈到了没有，我们要不要去接机？”从民政局出来后，我挽着简亦平的手问他。

“现在司机应该已经接到她了，我们直接回家吧。”他看了看时间，考虑了一下说。

他的话音刚落，电话就响了。

挂完电话的简亦平，脸上有了鲜有的紧张和不安。

“怎么了？”我担心地问道。

“没怎么，是艾迪，她说妈妈已经在家等我们。”简亦平若有所思地回答，眉头紧锁地看着前方。听人说春天的雨如同伤心的人未哭干的眼泪，此时雨又滴答地落起来，打在车窗上。

“下雨了,快点回家吧。”我催促着目视前方一直在发呆的简亦平。

“哦，好。”他赶紧发动了汽车。

一路上，他一直未曾言语。我开始有了隐约的担忧，大概是有事情要发生了。

“怎么了，亦平，你的表情好反常，你看起来一点也不高兴，难道你是后悔跟我结婚了？”我问。

“怎么会！平凡，你别乱想。你记住，无论什么时候，我都会一如既往地爱你。跟你结婚，是让我感到最幸福的事。无论发生什么，你都要相信这一点。”简亦平着急地辩解道。

“好啦，我知道了，用得着这么紧张吗？”我笑道。

我喜欢看他这时候的表情，异常坚定和认真，带着一些紧张，每当我质疑他对我的感情，他都会很自然地流露出这样的神情。

我们的车才开到门口，艾迪就迎了出来。我一下车，她就替我拿包什么的，我这才意识到，我现在已经是真正的简太太了。连艾迪都知道手续没办，对于我这种出身低贱的人来说随时都存在变数。而现在，一切尘埃落定，完全没有了颠覆的可能。

“简先生，太太也刚到，在客厅等你们呢。”艾迪满脸欢喜。

我有些紧张地看着简亦平，简亦平握着我的手，拉着我快步走向了客厅。

简亦平的妈妈坐在客厅里，正喝着茶。她一身的雍容富态，这种富态看起来是与生俱来的，不免让我有些相形见绌。她脸上有适宜她这种年龄女人的精致妆容，与我想象中的贵太太的形象相差无几，却比我想象中年轻多了，看起来就像我的姐姐。

诚然，在这种家庭里生活的贵太太，养尊处优惯了，自然是难以被风月侵蚀。此刻她的目光也长久地定格在我的身上，如我看她一般看着我。

“母亲，这是平凡。”简亦平打断了三个人之间短暂的沉默。

我想叫声妈妈，却实在是难以启齿，只能是尴尬地笑着。

“你就是平凡，你……比我想象中要漂亮。”简亦平的妈妈看起来有些激动。也难怪，这是我们的第一次见面。

她站起来，走到我的身边，拉过我的手，在我有些粗糙的皮肤上温柔地抚摩起来。

“你们已经登记了吗？快给妈妈看看你们的结婚证。”她急切地问道。

简亦平从票夹里拿出了他那本鲜红的证明。

“1984 年 4 月 15 日，果然，这是你的生日？”她盯着结婚证情绪激动地问我。

我有些诧异地回答说是。

“你出生在 C 城？你一直住在 C 城？你出生的地方是平安医院，你在建向路读的小学？”她连续不断地问我。

我诧异不已，她说的全对，我不解地点头。

“平凡，你真的是我的平凡！亦平，你说得没错，她就是我的女儿胡平凡。”这个雍容贵气的妇人突然把头埋在我的手上失态地号啕大哭起来。

“你的女儿？什么你的女儿？”我张大嘴巴，惊呆了。

她不说话，只顾着哭。

“这不可能？她在说什么？”我惶恐地看着简亦平，简亦平回避着我的目光。

“平凡，你是我失散十几年的女儿平凡。没错，你看你和妈妈有多像。”这个女人紧紧地握住我的手，盯着我的脸，眼泪如同散落在地上的雨水，啪嗒啪嗒地落在我的手上。

“平凡，她的确是你妈妈，你的亲生母亲。”简亦平的话让我脊背冰凉。

“平凡，我的女儿，妈妈终于找到你了！你知道吗？妈妈自从去了巴黎之后，没有一天不想你的。我的女儿平凡，现在长这么大了，妈妈真的好想念你！”这个女人一边流泪一边用手擦掉落在我手上的泪，她甚至还欲用她那戴着大钻戒的手抚摩我的脸，我惊恐地躲闪开了。

“简亦平，这到底是怎么回事？你告诉我这到底是怎么回事？”我急得哭了起来。

那个女人又向前了一步。

“平凡，你是我的女儿平凡。你哭起来的样子没有变，妈妈对不起你，妈妈当初不应该离开你。你知道吗，平凡，那天简亦平说他喜欢上一个女孩，叫胡平凡，妈妈就有预感有可能是你了。简亦平也帮妈妈看过，你出生日期和我女儿的一样；后来他又拿你的照片给我看，我越来越确定你就是我的女儿。平凡，今天见到你，我就知道你百分之百是我的女儿，妈妈找了你十几年……”女人哭得难以自持，我彻底惊呆了。

“照片？出生日期？简亦平，你早就知道了对吗？你一直都瞒着我，你和她一起合伙来骗我？！你是个骗子，你们都是骗子！”我终于明白了一切，开始歇斯底里地对着简亦平狂叫。

“平凡，你冷静点！我没骗你！我喜欢你，跟你的出身没有任何关系。”简亦平抱住我的肩，着急地向我解释。

“冷静？你骗我说这个女人是你的母亲，现在她却突然变成了我的母亲！简亦平，我没有妈妈，从我八岁开始我就没有妈妈了！没有！”我的眼泪肆虐地流了下来，落在脸上，冰凉得没有一点温度。

“平凡，她的确是你的母亲，她是和我的父亲一起去巴黎的。平凡，你不了解，他们也是因为真挚的爱情才走到一起的。他们原本就打算要结婚的，谁知道遭到我父亲这边家族的强烈反对，他们仓促地各自结婚，后来还是不能相忘，直到我母亲因病去世了，于是，就发生了那些事。事情过了这么多年，平凡，过去的就让它过去好吗？”简亦平替我擦眼泪，我愤怒地甩开了他的手。

我泪眼模糊地看着他的形象在我的眼里一点一点地陌生起来。

我知道，我的人生又一次被彻底摧毁了——也是在我毫无防备的时候。

我悲愤地看着这个女人，她在我自生自灭了十几年好不容易找到幸福的时候，又一手将它摧毁了。我万万没有想到的是，连简亦平也是帮凶。什么都是假的！这个女人，害了我十几年，操控了我的婚姻又活生生摧毁了我的婚姻。我就说为什么我明明一无是处，简亦平却对我这么好，我就说我的婚怎么结得这么顺利……

是的，就是她，她的右眼眉心有一颗粉色的痣，这是我能记住的有关她的唯一的特征。

“你们为什么要这样对我？为什么？”我号啕大哭。

“平凡，我求求你，你别这样好吗？是妈妈不对，妈妈会补偿你的，妈妈回来就是为了补偿你。”这个女人哀求道。

“阴谋，全都是阴谋！我的婚姻，是你们操控的阴谋！简亦平，我终于知道，你就是为了这个女人的良心好过才三番五次从巴黎跑回来找我，才决定娶我的对吗？难怪你口口声声说要给我幸福，原来一切都是假的，一切都是阴谋！可笑，真可笑。”我流着泪哈哈大笑起来。

上天真是待我不薄，我的每一次人生转折都是在我完全不知情的情况下一锤定音的。简亦平，这个我最信任的男人背后，居然隐藏了这么大的阴谋。

“平凡，你别这样，她再怎么也是你母亲，她也回过C城来找你，却怎么也打听不到你的去向，她在巴黎也因为惦记你经常病倒。十几年了，妈妈她受尽了精神的煎熬。她这次也是专程来看你的，你先冷静下来好吗？”简亦平焦急地说。

“我要离婚，我要和你离婚。”我哭喊着跑出了院子。

“平凡，你别这样。”我听到那个女人凄楚的叫喊声，然后就是简亦平大声喊艾迪叫救护车的声音。再后来，一切有关他们的声音，都没有了。

我远离了那所别墅，在C城的大街上奔跑起来，直到跑到衣衫湿透的时候，才在马路边的建筑墙根上坐了下来。

毫无意识地，我径直跑到的，是八岁之前和爸爸常来的这个墙根，墙上爬满了还没苏醒的枯藤。

我欲哭无泪地注视着眼前的世界，C 城的一切仍然是井然有序、有条不紊的。没有人知道我在一天之内失去了什么，连我自己也无法计算清楚。我只是绝望地认识到，和简亦平生活在一起的这一小段日子居然是我幸福生活的最后的狂欢。

我知道我无论如何也得找到我唯一的朋友小漫，因为我身上除了一个随身携带的小钞票夹，所有的证件都在简亦平的别墅里。我必须在天黑之前找到住的地方，再好好想想一无所有的我下一步的打算。

是的，和八岁那时候一样。除了与日俱增的年龄，我又变得一无所有了。我在思量我能找到小漫的唯一途径也只能打电话去电台，因为小漫和明治的手机都已经是空号了。

小巷的报刊亭里有公用电话。

我通过咨询台知道电台的电话，打过去的时候一直占线，好不容易接通了，传来热线小姐非常温暖的声音："小姐，请问能帮到您吗？"我的眼眶又湿润了。

"我找明治，你们的主持明治，《夜听》的那位主持人。"我焦急地说。

"明治？哦，对不起，他年初就已经不在电台了，您是他的听众吗？"热线小姐说道。

"我知道他不在电台了，你们知道他去了哪里吗？有他的联系方式吗？"我问。

“我们暂时也不知道他的去向。”她的话浇灭了我仅有的希望，我挂掉电话，彻底瘫软下去。

“小姐，你没事吧？”守报刊亭的小姑娘跑出来扶住了我。

“小姐，我听见你是找电台的主持人明治是吗？你是他的朋友吗？难道你不知道明治的事情吗？”小姑娘诧异地问。

“他的什么事？你知道他在哪儿？”我站定了，疑惑不解地问道。

“我也是听我朋友说的，她很爱收听他的节目。听说他家里出了事，他的太太无意中知道他曾经整过容，接受不了这个事实，带着还未出生的宝宝离开了 C 城；而明治现在好像在酒吧里做调音师。”小姑娘认真地说。

“你说什么？他整过容？酒吧？哪个酒吧？”我惊呆了。

“反正就在酒吧街苏芙酒吧那一带，你去找找看吧。那儿就几个大酒吧，肯定能找到他。”小姑娘想了想，很肯定地回答我。

我付了钱，离开了。无论如何我得先去找到明治，他们出了这么大的事情，我居然一无所知。事实上，在决定和简亦平结婚的这一段时日以来，我每天都待在别墅里，对于外边的世界一无所知。小漫的手机一直关机，最后停机。我早就该想到了，可当时我正身陷幸福中，对任何事情的揣测都是朝着好的方向去的。

酒吧街距我身处的小巷有一段距离，我在巷口上了出租车的时候，就看见简亦平的车在我前方不远处呼啸着开了过去……

C 城的初春，黄昏来得很早，在我意识到天快黑的时候，远处的天边，有乌云压过头顶……大雨就要来了。

车在苏芙酒吧门口停下，我下车后，在酒吧门口站定。时光又回到了两年前，小漫在这里遇到明治，我在这里遇到耀扬……当时，我们谁也不知道这一次的遇见对于我们的一生，将是这样的颠覆。

我黯然地走上前去。凭直觉，我知道明治一定在这里，这是让他的爱情破茧重生的地方。

这个酒吧的陈设一直就未改变过，音响里七点多的音乐忧伤哀怨，一如从前。这个时候，酒吧还没进客人，我沿着金属阶梯爬上二楼就看见明治在那里调节键盘。

“明治。”我快步跑上前去叫他。

明治看了我好一会儿才回过神来。

“平凡？你怎么在这儿？”他诧异地问道。

“我还要问你呢。你怎么在这里，你和小漫到底怎么回事？小漫呢，她现在在哪里？”我急切地想要确定他们之间是不是真的发生了如报刊亭姑娘所说的事情。

“平凡，你先等一下。”明治嘱咐好旁边的助手，带我去到酒吧深处一间小小的休息室里。

“平凡，你怎么知道我在这儿？你不是要去巴黎了吗？”明治问我。

“别问这个了。你告诉我，整容的事情是怎么回事？”我迫切要知道他们之间到底怎么了。

“你都听说了？是的，我是整过容，两年前我在这里跟你说过，小漫对跟她谈过的男人都没有印象，事实上我是骗你的。我第一次被小漫抛弃的时候，我异常痛苦，那时候正好电台在做一家整形医院的推广，有免费的服务项目，我有同事去做，我也跟他一起。我本来是想做微整的，但你知道，整形是有瘾的，我一步一步就整成了现在的样子。后来我再接近小漫，再投她所好，让她接受我。我原本是想报复她，却没想到再一次爱上了她。这就是事情的经过。”明治低下头，他的表情有些麻木，似乎是在诉说与自己无关的事情。

“小漫是怎么知道的？你自己告诉她的？”我问道。

“是的，在一次醉酒后，我无意中说出了真相。我以为小漫是真的爱我，她都怀了我的孩子，她一定不会介意这件事情，谁知道……”明治自嘲道。

“小漫和我一样，最讨厌别人骗自己。”我恍然。

“可是，我原本认为这算不上什么大事情，她可以生气，但是不至于要跟我恩断义绝吧。”明治苦苦摇头。

“小漫原本就是一个性格激烈的人，她哪能接受枕边人是整容之后再蓄意来接近她，她又哪能接受孩子长着一副全然陌生的面孔。”我叹息。

“你们为什么不早点告诉我？”我继而有些愤然。

“其实上次我去你那儿取东西的时候，事情就已经发生了。但是小漫说过，你现在好不容易找到了自己的幸福，她不愿意再让你不开心。好在我们分手彼此都很坦然，小漫说她对我没有恨，但也没有爱了。”明治平静地说。

“你也不要太悲观，爱不会说没有就没有的。也许时间会让她放下这一切，再回到你身边。”我宽慰他道。

明治点了点头：“等小漫静下心来，她一定会再去找你的，你们毕竟是最好的朋友。”明治反过来安慰我。

“我明白，那我先走了，你好好过吧。”我向明治道别。

“平凡，你好不容易找到了自己的幸福，我也祝福你。”明治送我出来，非常真诚地说道。

我头也不回地转身离开了，因为我怕我一直强忍着的泪水会在这一刻肆虐地狂奔下来。

我和小漫，两个一直寻找爱情的人，被爱情彻底地遗弃了；两个一直在寻找幸福的人，被幸福也彻底地遗弃了。

第十二章

/

听说爱情会回来

我身心疲惫地在青苔街拐角的小旅馆昏睡了三天三夜，这三天，每到入夜的时候，就会电闪雷鸣，大雨倾盆。我缩睡在有些潮润的被子里，麻木地看着窗外轮廓不清的树影……事实上我没有丝毫的害怕，有的只是彻底的绝望。因为这样的景象，在我二十几年无依无靠的生活里，已经是习以为常了。

只是，以往的每一次，我都可以告诉自己：没关系，长大了就好了，长大了就可以远离这一切了。

可是，现在，我已经到了足够大的年纪，却仍然要度过这样绝望的夜晚。

我开始害怕前面的路了，仿佛一踏下去，就是万丈深渊。

昏睡到第三天中午的时候，我在浑浑噩噩中听到有人拿钥匙开门的声音，推门进来的是老板娘——一个四十多岁的凶悍女人。

“你看是不是这个？这个女孩在这里已经睡了三天了，我生怕出什么事。”她对门外的人说。

马上就有人探出头来。

“胡平凡，真的是你！”探头进来的居然是张米粒，我惊讶地起身欲坐起来，却发现四肢疲软无力。

“平凡，你的脸好烫，你在发烧。”张米粒走到我的床边，摸了摸我的额头着急地说。

“你怎么到这儿来了？”我诧异地看着她。不知道为什么，我的视线一片模糊，有了欲流泪的冲动，大概是因为，相比其他的陌生人来说，张米粒还算是我的一个熟人吧。

“平凡,你怎么一个人跑到这儿来了,你不知道简亦平有多着急。”张米粒在床边坐下，担忧地说道。

我转过头看着窗外。那一家人，我已经不想提了，我也不想知道他们的任何消息。

“他这几天满 C 城地在找你，昨天我还陪他一起找遍了 C 城所有的酒吧。不过你放心，平凡，如果你不愿意，我不会告诉他你的消息的。”张米粒仿佛看穿了我内心的想法，安慰我道。

我感激地看了看她，尽管我觉得几天不见，她整个人给我的感觉像是变了一个人似的，但我也没有力气再去问了。

张米粒和强悍的旅店老板把我扶进了出租车。张米粒要带我离开这里，我并没有拒绝，因为她用手摸我的额头的时候，我感觉到了她身上有一种难以抗拒的暖流传输到了我的意识里。

我在医院输了一个晚上的营养液，张米粒一直坐在我的身边，就如同一年前我焦急地等待她从手术室出来一样。张米粒对我照顾得尽心尽力。

“你为什么要这样做？”在我恢复了力气之后，我终于忍不住问张米粒。按常理，她看到我现在落到如此惨的田地应该落井下石才对。

“平凡，不为别的，就为我们都是从不幸的家庭里走出来的人。”张米粒的眼里露出了难得的真诚，我知道，她已经知道我全部的事情了，我未言语。

第二天清晨，点滴全部输完的时候，张米粒带我住进了一个陌生的公寓。

“你不住米兰阁了吗？”我纳闷地问道。

“不住了，耀扬走后没几天我就搬出来了。再住那里有什么意思。”张米粒神情黯然地回答。

“对不起。”我轻声说。

耀扬，我在毫无防备的时候又听到了他的名字。那仿佛是只和青春有关的名字，现在已经隔我很遥远很遥远了。

“没事，你那天骂得对，耀扬对我已经够好了，他把他有的一切都留给了我，是我对不起他。”看得出来，张米粒没有说违心的话。

这是一套一室一厅的房子，比她之前在米兰阁的房子要整洁得多了。

“我那天回来后想清楚了，我觉得自己真的不能再那样生活了。我才二十几岁，人生无限漫长，我必须改变自己。其实从耀扬走的那天开始，我就一直在思考这些问题。我只是不敢面对自己而已。”张米粒给我泡了杯消寒的红糖奶茶。

我完全无法相信，一个人的改变，可以如此快，顷刻间就可以脱胎换骨。我从未想到这些话会出自张米粒这个女人的口。

“平凡，我没想到，你竟然也有这样的家庭经历，你比我勇敢多了。你生活得多独立，难怪每个男人都喜欢你。”张米粒叹息着说。

“我没你说的那么好。”我埋下头，奶茶的热气冒进了我的眼睛里，暖暖的，引得我的泪水就快掉下来了。

“我想，你妈妈她肯定比你还痛苦。我听简亦平说她之前三番五次地跑回C城寻你，而我的父母，在知道我得病之后都不回来照顾我。”张米粒说到伤心事，也伤感起来。

“米粒，他们从本质上是一致的，都是抛弃了我们，并且，那个女人，还活生生地害死了我的父亲。”想起那个女人，我就有咬牙切齿的恨。

“我听简亦平说了，但你我都知道，为了爱情，女人是什么都做得出来的。而且上一辈的事情我们是没法完全弄清的。当初我放弃一切去巴黎，也是因为爱那个男人，那时候，我傻得连为他死都愿意，可所有人都以为我是为了他的钱。”张米粒自嘲道。

“米粒，别说这些了，你现在能坚强起来比什么都强。”我安慰她道。我想，她可能从来都没有和人提及过她那段卑微的爱情，因为她一直连一个能聊得上这些话的朋友都没有。

“那你怎么打算？你妈妈急得都晕倒了，我之前去简亦平家的时候，她还在家里打吊瓶。简亦平和他的司机还有几个助手都在到处找你。你知道，简亦平在 C 城是个有脸面的人，这事他当然不能声张，否则他早就动用警察了。”张米粒担忧地说。

“他欺骗了我。我原本以为他是真心爱我的，谁知道，连他也欺骗我。让我不明白的是，他为什么要等我和他结婚才让我知道真相。米粒，这一切太可怕了，我必须得和他离婚。”我激动地说道。

“离婚？可是简亦平是真心爱你的。我跟他做朋友这么久，多少还是了解他的，他也没必要拿自己的婚姻做赌注来冒险啊。”张米粒替他辩驳。

“米粒，我想请你帮个忙，明天帮我说服他跟我去办离婚手续，然后，帮我把我留在简家的东西都带出来。有些私人的东西，跟随我很多年，我没办法舍弃。拜托你，我真的不想再回到那里，再面对那个女人和那里的一切。”我恳求道。

“你还是再考虑几天吧，别这么仓促地做决定。”她劝我。

“我已经考虑清楚了，我不能跟那个女人有任何瓜葛。这一切都是那个女人的阴谋，她就是想要毁掉我的一切。”我痛苦地说道。

“行了，平凡，你先休息一下，我去烤点三明治，我们待会儿就吃晚饭。”张米粒站起来，去了厨房。

我仍然不敢相信这样的事实：我陷入一场阴谋里，在我变得一无所有的时候，我曾经无比厌恶的女人张米粒收留了我。

这天晚上，我丝毫没有睡意，这一天发生的事在我的眼前如电影般闪现。我知道：我所追求的今生安稳的生活永远都只是一种奢想，我的命运很早就注定了，我所有的挣扎都是一厢情愿的徒劳。

天亮的时候，我清楚地认识到，这是个不一样的清晨，也是一个回归的清晨，从此以后，我又要做回那个一个人生活的胡平凡，那个孤独的胡平凡了。我居然有了隐约的害怕。

我起来了，张米粒也早早就起来了。她孤独的身影，很让人为之心酸。我早就说过，对于每个女人来说，最孤独无助的并不是夜晚，而是清晨。因为在这个时候，你要给自己足够的勇气去面对如死灰般的新的一天。

“平凡，你早餐想吃什么？”张米粒问。

“随便吧，一杯牛奶就行。”其实我什么也吃不下，但又不想辜负她的一番好意。

“那就牛奶加面条吧，中西混搭，你起来先喝一杯牛奶，过一会儿面条就下好了。”张米粒开始在厨房里忙活起来。

“没想到你还挺会过日子的。”我走到厨房看着她由衷地说。

“耀扬平时都是这样给我做的，我也习惯这样吃了。”张米粒淡淡地说。她的话让我觉得有些不自在，因为这几天来，我总是在内心忏悔，忏悔自己之前对米粒的偏见与恨意。

“没什么的，我觉得，拥有过就够了，谁最终都得靠自己。”张米粒大概察觉出来了，她一边用极不专业的动作搅蛋花一边安慰我，也算是安慰自己。

我微笑着离开厨房，米粒的转变让我内心受到了一种类似于感动的震撼。女人也许真如弹簧，压力越大，反弹力就越强。

我和米粒刚吃完面条，门铃就突然响了起来。我紧张地看着她，她示意我别出声，轻声地走到门口又折了回来。

“是简亦平。”她对着我的耳朵轻声说。

“他怎么找到这儿来了？他不知道我在这儿吧？”我诧异极了。

“他当然不知道，你先进我房间吧，轻点。”我躲进房间里就听见张米粒大声对外面应了一声来了。

我靠在门上，轻易就听到了他们的对话。

“你怎么来了？”张米粒问。

“米粒，你手机怎么还没开机？我找遍了C城都没找到平凡！你说她到底去了哪里？你一直跟她有来往，知不知道她还有没有别的朋友在C城？”简亦平的语气听起来很焦急。

好几天没听到他那浑厚而带有磁性的声音了。今天，他的嗓子明显哑了，我的眼泪忍不住就往下掉。

“我不是很清楚啊。她好像就只有乔小漫一个朋友，乔小漫现在好像也不在C城了。”张米粒回答道。

“你再想想，毕竟你们认识了这么久，再想想平凡她有没有可能去什么地方？你们女孩子，在这个时候，一般会去哪里？会做什么？”我听见简亦平焦急地在房子里来回走动。

“要不你先回去吧。她没有证件，暂时不会离开C城的。我想，等她平静下来，她会跟你联系的，毕竟你们也有很多事是必须要处理的。”张米粒劝他道。

“我很担心她。我以为十多年了，她和母亲之间的事情是可以说清楚的，谁知道我还是把事情想得过于简单了。”简亦平说。

“那你现在什么打算？”张米粒问。

“我只想先找到她。你知道，昨天我母亲心脏病突发，好不容易才稳定下来。我现在只想找到平凡，跟她好好谈谈。”简亦平说。

“这件事毕竟太突然了，平凡接受不了也很正常，我一会儿出去就帮你去找。C 城只有这么大，说不定就碰上了。”张米粒说。

“好好，那我先走了，你再帮我好好想想平凡有没有可能去什么我不知道的地方。还有，万一耀扬联系你，我是说万一，你一定要问问他有没有跟平凡在一起，或者他知不知道平凡有可能去什么地方。”简亦平焦急地说。其实我明白，简亦平此趟来找米粒，最关键的就是说后面这一段话，只是，面对米粒，他一直难以启齿。

我靠在门口，可以想象得到他焦急的样子。和简亦平认识这么久以来，他一直都很稳重，能让他焦急和紧张的仿佛都是与我有关的事情。

客厅里没有了声音之后，米粒敲了一下房门，示意我可以出来了。我神情黯然地走了出去。

“平凡，你看简亦平，真是急坏了，居然说什么耀扬要是联系我让我一定问问他你去了哪里。”米粒一副哭笑不得的表情。

“我都听见了。不好意思，我给你添麻烦了。”我由衷地说。

“说什么呢。但是，你也不能老这样躲着他吧？”张米粒忧心地问道。

“我不知道，我真的不想面对这一切。”我无奈地说。

“可是你这样下去，简亦平会急死的。我觉得你们还是得谈谈，如果你真不能接受你妈妈——我是说那个女人的话，简亦平也不会勉强你的。”张米粒劝说道。

“我现在已经不能确定简亦平是不是因为爱我才和我在一起的，至少，并不完全是。也许，从最初他接近我开始，就是为了替他母亲寻找我而已。”我悲哀地说道。

“你看你，跟你说过多少遍了，我敢担保，简亦平是真心爱你的。其实你自己心里也明白，只是因为那个女人，你不愿意去承认而已。”张米粒说。

我看了看她，也没否定她的话。现在说这些，似乎已经没有意义了，我和简亦平之间因为那个女人，再也不能回到以前了。然而米粒的话也有道理，这样一走了之并不是我胡平凡的风格，有些事情，痛快了结对大家都好。

“要不晚上我约他出来，让你们两个人单独谈谈？”米粒大概看出了我的心思，进一步劝解道。

我未置可否，她就当我答应了，开始计划见面事宜。

事情看起来似乎很滑稽，米粒现在成了我最值得信赖的朋友。

米粒把我和简亦平见面的地点定在雕琢时光咖啡馆，在C城的边缘。当然，她没告诉简亦平说她找到了我，而是以给他提供能找到我的线索把他约出来，简亦平一口就答应了。这是我的意思，我怕那个女人会跟着过来，把事情又搅和得一团糟。

“平凡，一会儿我陪你过去，地点就在二楼的百合包间。我在一楼靠门口的水仙包间等你。你要是跟他谈得不愉快，我再陪你一起想办法。”她说。

“米粒，谢谢你。”她的细心和周到，真让我不知道说什么好。

“行了，左一句谢，右一句谢，这好像不是你的风格啊。”张米粒笑着责怪我。

没化妆的她，笑起来，居然有少女的清纯和天真。

黄昏的时候，我和米粒坐车到了雕琢时光咖啡馆，我们报了百合厅后，小姐就说有位先生已经在里面等了很久了。米粒示意我赶紧上去，自己则进了有落地玻璃隔着的水仙厅。

我忐忑不安地走上二楼，百合厅的门是虚掩着的，我轻轻推开门，简亦平正焦虑不安地在包间里走动着。

“平凡？”简亦平看到我，瞪大了眼睛，一副异常惊讶的表情。

仿佛过了好几秒钟他才回过神来，他的眼圈迅速就红了，冲过来就抱住了我。

“平凡，你去哪儿了，你到底去哪儿了？

“平凡，你怎么瘦成这样了，你的脸怎么这么苍白？

“平凡，找到你就好了，找到你就好了！”

简亦平激动得有些语无伦次，仿佛我们失散多年，我也有些哽咽起来。

“平凡，是我的错，我不应该一直瞒着你。我以为，你和妈妈，终归是母女，只要说清了，就会好了。虽然她不是我的亲生母亲，但是我们一起生活了十几年，我了解她的为人。她无时无刻不在思念你，而且，她一直都不知道加油站爆炸的事情。”

简亦平着急地向我解释。

听到这儿，我就冷冷地推开了他。

“简亦平，这些对我都毫无意义，我不想知道，无论她说什么都改变不了她让我家破人亡的事实，我今天之所以约你来，是要跟你离婚。”我直接就进入正题，事实上“离婚”这两个字让我觉得特别不真实，才结婚几天就说离婚，而且这么顺口，真像是谁事先安排好的。

简亦平显然对我的决定没有任何的心理准备，他的脸色瞬间就黯淡了下来。

“平凡，是因为妈妈吗？如果你现在不能接受，我们慢慢来，你先冷静一段时间。”他继而焦急地说。

“我已经很冷静了，我从来没有这么冷静过。你们一起来骗我，一手设计我的婚姻，又破坏我的婚姻，我现在唯一想做的就是结束它。”我又激动了起来。

“平凡，你要我怎么说？！我对你是一见钟情，这你也知道。在茉莉咖啡馆，我第一眼看到你的时候就爱上了你。那时候，我并不知道你的身世。”简亦平解释道。

“是的，那时候你是不知道，可后来呢，你把我的照片带给那个女人看，还替那个女人查我的出生日期……难怪，那天我从住的地方搬出来，和你说我曾经的经历时，你一点也不吃惊，因为你早就知道。最后，你还特定选在那个女人回来的几小时前与我登记结婚。这一切，居然安排得环环相扣。简亦平，我真不知道这个女人有什么好，他只是你的后妈，你竟然可以跟她一起来欺骗我！”想到这儿，我又激动起来。

“平凡，事情不是你想象的这样。我跟你结婚完全是因为我爱你，我之所以选择在妈妈回来之前结婚，也是因为怕你因为对妈妈的仇恨而影响自己对幸福的判断。平凡，我真的希望能给你幸福。你需要幸福。”简亦平紧紧地握住我的手，却被我狠狠地甩开了。

“你能给我幸福？对！我原本也是这样认为的。你知道，我原本认为我这辈子绝不会跟任何人结婚，我对婚姻有着本能的恐惧，可是，我还是选择跟你结婚，也是因为我确定你能给我幸福。可现在我才知道，你对我的感情没那么纯粹，你根本就是在同情我。”我终于哭了起来。

“不，平凡，我对你的感情与其他的任何事、任何人都无关。”简亦平的嗓子越发喑哑起来。

“平凡，你先冷静一段时间。我不需要你现在就接受妈妈，或者，你可以永远都不接受妈妈，但是，我们不能分开。”简亦平哀求道。

“我不会接受她的，我永远也不会。因为不能接受她，所以我不能接受你父亲；因为不能接受你的父亲，我也不能接受你。简亦平，我们分开吧，我只想拿回在你家的东西，然后我们办手续，就当我从来就没有认识过你，也没有做过简家的人。”我斩钉截铁地说道。

简亦平沉默了，他大概体会到了我所说的话的分量。他突然沉默下来的状态，让我有了莫名的忧心。

“我只是拜托你一件事：明天，你想办法让那个女人回避一下，我去拿东西，然后我们去办手续。你知道，我已经决定了的事情是没办法改变的。我们都没错，只怪生活有时候太不可思议了。”我哀哀地说道。

“平凡，非得这样吗？”简亦平用有些绝望的口气问我，他的眼睛死死地盯着我，我不敢看他。

“是的，非得这样。我明天中午十二点来你家收拾东西，你拟一下离婚协议，我们顺便签了。”我坚定地说完这句话，就离开了让我窒息的百合厅。我想，一切都结束了。

张米粒迎上来的时候，我的眼泪才开始啪嗒啪嗒地掉下来。她什么也没问，就带我上了出租车。

我的心情始终不能平静，C 城在我的泪水中一片模糊。

“我明天去他家收拾东西，然后办离婚。”回到家后我轻声对米粒说。

“平凡，这不是什么大不了的事。在一起是你们两个人的事情，跟其他人无关的，大不了不认他妈就是了。简亦平这么爱你，你说不认他妈，他肯定会同意。”米粒不放弃对我的劝说。

“他不认他妈，他也得认他爸。他爸也不会容忍他不认他妈，他们现在是密不可分的一家人，而我永远不可能再和那个女人成为一家人。别说了，米粒，我已经决定了。”我闭上眼睛，靠在沙发上，强迫自己嗡嗡作响的脑袋能安宁片刻。

米粒没再说话了，心不在焉地转着电视频道。连我自己都不相信这个即将发生的事实，何况是她。

又是一夜无眠，精神状态奇差。

这一天，如果不是有米粒陪着，我想我是没有勇气再踏进青慈别墅的。因为我不能确定那个女人是否真的不在，也不敢面对艾迪以及其他的工人，更不敢面对我曾经在里面度过的幸福时光。

米粒拉着我的手走进去。别墅的大门是开着的，才走进院子，艾迪就迎了上来招呼我。

“太太，你回来了。”她热情地说，同时，她的脸上也晃过了一丝惊讶与好奇。

我尴尬地笑了笑，算是与她打招呼。

“简先生在吧？”我和米粒走进客厅，我问她。

“简先生一大早就陪母亲回巴黎了。她身体不好，却坚持要走，先生只好送她回巴黎。”艾迪说。

“那行吧，我去收拾东西。”其实对于这样的情况我早就有预料。

“太太，简先生让我告诉你，你要的东西在房间的第二个抽屉。简先生说你看完了在上面签字直接交给律师就行了。”艾迪说。

“知道了。”我往房间里走，米粒和艾迪也跟上前来，米粒帮我收拾衣物，艾迪则一动不动地看着我。

我在左边的第二个抽屉找到了一个大文件袋，里面是几张写满字的信纸。

打开了看才知道是一份已经草拟好的离婚协议书。

正文内容只有一条：

简亦平与妻子胡平凡离婚，简亦平的个人财产一半归胡平凡所有，详情在附单内。

简亦平已经在上面签好了名字。

“天啦，平凡，你签了字就能得到简亦平一半的家产。”米粒唏嘘不已。

“你知道，我不会接受的。”我把协议放下，平静地说。

“那就是说，你不签字？”米粒诧异。

“当然，这是简家的东西，没有一分是属于我的。”我自嘲道。

“可是，你毕竟是他合法的妻子了。”

“我胡平凡受不起这样的恩赐。”

“或者，简亦平知道你不会接受，但他又不愿意和你离婚，所以才这样？因为你不签字，这婚就离不成；或者，是你妈，她想拿钱补偿你，又不知道用什么样的方式给你？”米粒推测道。

“不知道，我也不想知道，反正我不会要。”我坚定地说。

“那你现在怎么办？”

“只能走吧。”

“要不等简亦平回来。艾迪不是说他过几天就回来？”

“他回来有什么用。算了，我去收拾东西。”

我从房间里把自己的大小物件都搬了出来。

“太太，你要去哪儿？”艾迪疑惑地问道。

“我要搬出去了，艾迪，这段时间谢谢你对我的照顾。”我说。

“太太，你真的要搬走吗？那简先生呢？”艾迪诧异地问。

“我跟简先生不能在一起了。”我耐心地回答她。

“太太，你可以不认老夫人，但是简先生这样的人，很难再找到的。”艾迪真心地劝慰道。

“无论如何我得走了，艾迪，再见。”我微笑着向她道别，米粒帮我一起提东西，我大步朝门口走去。

“太太，我相信你会再回来的，没有比简先生对你更好的男人。”艾迪送我们到门口，不死心地说了一句让我和米粒面面相觑的话。

“平凡，你还是先安心在我那儿住一阵再作打算吧。”米粒说。

“暂时也只能这样了。”我木然地看着车后逐渐远去的青慈别墅。

“其实你对简亦平还是有感情的，对吗？”米粒问。

“可能吧，他是唯一让我有归宿感的男人。”我说。

米粒听了我的回答，若有所思地看着窗外，没再说话了。

我开始把米粒的家当成自己的家，开始把米粒当成自己的亲人。晚上，我们一起坐在沙发上看电视的时候，米粒深有感触地对我说：“平凡，我一直想要有这么一个相亲相爱的姐妹，我们一起吃饭，一起看电视，一起泡奶茶，一起讨论男人。”

我看着她，会心地笑了。米粒着实有非常单纯可爱的一面，我甚至都有些怀疑我之前脑子是不是不清醒居然还那么讨厌过她。

“米粒，你现在最想做什么？”我兴致勃勃地问。

“现在啊，最想做一份自己喜欢的工作。你知道，我长这么大，从来没有工作过。”米粒遗憾地说。

“不会吧？”我忍不住笑起来，这话听起来真是非常有意思。

“是啊，我之前一直是跟着男人漂来漂去的。平凡，你的工作经验丰富，你觉得我适合做什么啊？”

“其实你干什么都行。或者，你开个店吧。”我想了想说。

“开店？还真是可以呢，坐在那里就可以收钞票。”

“你现在的钱够你花的，还想挣多少钱啊？”

“唉，我也不知道啊。耀扬留给我的钱，我不忍心花，我总觉得，总有一天，他会回来的，我们也许还有机会一起花。”米粒叹息着说。

“你还在等他回来？”我忍不住问。

“我知道，他也许不会再回来了，但是只要我有机会再见到他，我一定会好好祝福他，好好跟他做朋友都行。”米粒由衷地说。

“米粒，你真的变了，变得我都不敢相信了。”我叹息着说道。

“其实我之所以能改变自己，一半也是因为你的缘故。以前我总是非常嫉妒你，觉得你肯定是那种出身非常好的女孩，骄傲地挥霍着财富和青春。可是后来才知道，原来你经历过比我更大的磨难。你能这么独立坚强，我想我又有什么做不到的呢？平凡，你还记得叶灿吗？我真觉得活着比什么都好。”米粒叹息道。

“对，我相信，一切都会好起来的。我们都会有一个不错的将来。”我由衷地说。

我在米粒家住到第十天的时候，简亦平从巴黎回来了，他径直就来到了米粒家。

“平凡，你住回青慈别墅吧！那是你的家。”

“那怎么会是我的家？我没家。”

“妈妈都已经回巴黎了，你知道，她比你更痛苦。”

“这是她该受的。”我冷笑着说。

“她为了你，都愿意放弃现在在简家的一切。”

“那对我又有何用？”

“妈妈说只要你开心，她可以不再回来见你。”

“这样最好。其实你也不用回 C 城，你不是把一切都安排妥当了要去巴黎定居吗？”

“你还会与我一起去吗？”

“当然不了。”

“那好，我也不去了。巴黎那边的事情，我让父亲暂时帮忙打理；父亲在这边的产业，我也可以替他接管。”

“可是，我们真的不能在一起了。”

“能不能在一起，让时间说了算，我也不会勉强你。等到有一天，你找到想一起结婚生活的人，我也会马上放手。”简亦平说完这句话，就离开了。

米粒从房间里走出来，坐在我身边看着我。

“平凡，这么好的男人，你不能错过了。”

“我原本和他结婚，就是因为他是一个好男人，可到头来，他还是欺骗了我。”我哀怨地说。

“其实你心里明白，他并没有欺骗你。你这是自欺欺人的说法，你只是过不了你父亲那一关，你在替你父亲报仇。但是你有没有想过，你父亲如果在天有灵，也不希望她的女儿生活在痛苦和仇恨当中。”张米粒叹息。

“算了，都无所谓了，我不想去管这些事情了。”我摇头。

“那你打算怎么办，还离开C城吗？”米粒问。

其实，谁也不知道，当初我要离开C城再也不回来的原因，是因为我不想再因为耀扬当时的痛苦生活而受煎熬。之所以匆匆决定和简亦平结婚，也是因为我怕我如果不结婚肯定会尝试着去帮他而让自己陷入到更大的痛苦中去。因为我深深地明白，有些事情，谁也帮不了谁。

现在，耀扬解脱了，米粒也非常认真地在生活，我的那场来路不明的暗恋也悄声无息地结束了，我却突然找不到自己离开C城的理由了。如果非得有，那就是为了离开简亦平。可是，直到现在，我才发现，要因为简亦平离开C城，是件多么艰难的事。因为，在我对今后安稳的幸福生活的想象里，永远都有他的影子。

在我无法厘清头绪去思考自己的生活走向问题时，米粒轰轰烈烈地开起了自己的布艺店。她的布艺店就坐落在香水街，鹅黄的色调，非常温馨。店里的装修是我一手帮她张罗的，因为她身体毕竟不如我，而且她也不善于和装修工人来回周旋。

“平凡，我终于有了自己的工作了，这种感觉真好。你知道，我长这么大还没挣过一分钱。”布艺店里，米粒兴奋地说。

“以后，你就是一个能干的女人了。不过，身体要紧，别太辛苦了。”我微笑着说。

“我知道。平凡，干脆你也别离开C城，我们一起经营这家店，反正，挣的钱够我们花的就行了。”米粒说。

“算了吧，你好好做你的老板吧，我还是得离开C城。”我微笑着拒绝了。

我要工作了，也是这一个小时之内下定的决心。因为看着米粒幸福工作的样子，我又想起了以前那个胡平凡——那个横扫 C 城、威风凛凛的胡平凡。

当然，最关键的还是，我在吃午饭前接到了林景泰的电话。他刚到 C 城，想见见我。

我们约在香水街的一家茶餐厅见面。

自从我离开杂志社，就再也没有和原来的同事有过联系。林景泰知道我结婚的消息大抵也是在某个朋友那儿听到的，毕竟林景泰这样的人，在 C 城肯定也会与一些名流打交道。

“平凡，新婚的感觉怎么样？你脸色看起来可不怎么好。”林景泰问道。

“不说这个了，想拜托你件事。”我直截了当地说。

“说吧，只要我能办得到。”

“我不去巴黎了，我想回杂志社上班。”

“别开玩笑了。”

“我这样子像是在开玩笑吗？”

“有没有理由啊？”

“没，难道你想让我讲一个迂回曲折、荡气回肠的故事给你听？”我反问道。

“果真是没变，还是那个个性十足的胡平凡。行吧，想什么时候上班，直接去报到就行。”

“我还没说完呢。我不想在 C 城，除了 C 城，你随便给我安个地方吧。”我认真地说道。

林景泰看了看我，确认我不是随便说说而已：“那这么着吧，哈市那边正缺一个办事处主任，以前的主任把办事处整得要死不活的，你去替他，我正好放心。再说，哈市你也还算熟悉，毕竟去过。”林景泰认真地说。

“行啊，哈市够远的，我喜欢。”我欣然接受了。

晚上，我做好晚餐，等米粒收店回来。

“生意还好吧？”我问。

“挺好。主要是你帮我选的花色很好，还有缝制师傅的手艺也不错，把很多客人都给震住了。”米粒开心地说。

“那当然，那可是花重金请的。”我替她开心。

“我算了一下，要不了半年就能收回成本。我今天第一天就签了三个订单，不过其中有一个是简亦平的，他要把家里的窗帘都换掉。”

“他是为了照顾你的生意吧。那可是艾迪一个月前换的。”我说道。

“我看他在店里走来走去的，大概是在等你。可那时候你已经走了。”

“你没告诉他我要去哈市吧？”

“没有。平凡，你真的决定要走了？”

“当然，和林景泰都已经谈好了，准备这几天就走，先同他一道去北京办入职手续。”

“林景泰？什么人？”

“我以前杂志社的老板，我们没故事。”我微笑着说。

“打算去多久？”

“看吧。可能一直待在那儿，也可能再去别的地方，走一步算一步了。”

“平凡，你要去的是一个举目无亲的地方，你还说得这么轻松。”

“在C城我还不是举目无亲，哪儿都一样。”

“不一样，在C城你还有简亦平，还有我。”

“米粒，你是我的好姐妹，你要好好保重身体。”我有些哽咽。

C城的春天，在潮湿与干冷的遮掩中吞吞吐吐地冒出头来了。我离开C城的事，除了张米粒和林景泰，没有人知道。米粒在机场与我道别时流下了伤心的眼泪，我不敢再看她，也不敢再看C城，这个见证了我所有快乐悲伤的城市。

我不知道，如果简亦平知道我离开C城了会作何感想。从决定与他结婚以来，我一直信誓旦旦地说要跟他一起离开C城，谁也不离开谁。但是不到几天的时间，我就背信弃义，一句道别都未曾给他留下。

我看着窗外的大朵浮云，浮云下面是被田野和山冈包围着的繁华的C城。我的心在C城上空颠沛流离，找不到可以归属和依附的任何物体。

我终于还是离开C城了，终于……

“你有过真爱吗？”许久以后，我用手半遮着脸问林景泰。

“真爱？你不是一直都说我是个人尽可爱的花心男人吗？还问我这么有水准的问题？”

“别废话了，我问正经的。”

“我当然知道你问正经的。瞧你，眼泪都出来了。我当然有过真爱。怎么了，舍不得 C 城的那个男人？”

“去你的？你说人的一生有没有可能有两次真爱？”

“当然，一般人就一次，但是不一般的人也可能有两次。”

“那我就是不一般的人。我曾经暗恋过一个人，死去活来，我原以为只有离开他我才会伤心，才会有眼泪，可现在我发现不是。后来跟我在一起的这个人，我发现，我离开他更伤心。”

“那你为什么还要离开他？”

“我也不知道。是命运，一步一步逼着我踏出 C 城。”

“事实上你很爱他？”

“也许吧。”

我闭上眼睛，转过头去，结束了和林景泰的谈话。我知道，这种聊天除了把他搅得一头雾水之外是起不到什么作用的。我依然难过，彻头彻尾地难过。

我在北京办完入职手续后，马上就来到了哈市。

哈市的上空，永远是这么清洁明亮；哈市的人，也仍然过着不紧不慢、云淡风轻的日子。

因为哈市整个城市都是慵懒的，不比 C 城；再加上林景泰给我安置的也是个比较清闲的差事，所以我的工作也是轻松至极。

我住在离中央大街不远的一处年代久远的小区里，像个老妪一样，除了工作，鲜与人交往，甚至，连手机也未曾配备。

我再也没去喝过咖啡了。因为在我的想象里，哈市的咖啡，大概怎么也比不上 C 城。

我的同事经常会好奇地对我说："平凡，你怎么没有一个亲人、朋友，一个人从南方来到这里，到底是为了什么？"

我总是微笑着不予回答。我无法跟任何人说清在我的身上发生过怎样的故事。是的，这些，大概仅仅只是故事而已。我多么希望，这些故事，是发生在书里面，只要一合上书，就什么也不存在了。

我经常会在半夜醒来的时候莫名地流泪，这是最让我匪夷所思的事情。因为在 C 城，发生再大的事情，我也从未有过失眠。

所以，我不知道我可不可以认定，我的灵魂永远属于 C 城。

林景泰每个星期都会给我打来问候的电话。而且，他每一次在挂掉电话之前都会说同一句话："平凡，好好对待自己，你一定会幸福的。"

我总是觉得这样的话用在我的身上，是那样的滑稽可笑，如果连胡平凡都能拥有幸福，那么这个世界大概就没有不幸的人了。

每次想到这儿，我就会去喝酒。哈市的小酒馆，生意出奇地冷清，就算是在寒冷的冬天里，老板每天也很难卖出几瓶可以暖身的伏特加。

"小姐，要是哈市多几个你这样的人就好了，一个人两个小时就能喝掉一瓶伏特加。"老板每次看到我，就发出这样的感叹。

我总是苦笑着不回答。哈市这样祥和安宁的地方，哪来的这么多我这样的悲剧式人物，哪来的这么多拥有我这样悲情人生的人，上天给我安排这样的好酒量大概就是为了对付这些的。

当然，我也有不酗酒的时候，每当这个时候，我都会去离中央大街不远的索菲亚教堂。这里永远是一派宁静肃穆的景象，除了鸽子是飞动的，其他的一切，仿佛都是摆在画室里的静物，显得是那样的不真实，如同我那段名存实亡的婚姻。

我目光呆滞地站在教堂的门口，想象着在若干年以前，这里有着无数对幸福进出着的男女，但现在究竟还有多少在执子之手、相濡以沫。

现在是哈市最寒冷的 12 月。各式各样的冰雕房子安放在哈市街道的周围，大大小小的人们欢快地在这些接近零下四十摄氏度的房子里穿行着。

这天，我穿着厚厚的羽绒服在锦西路口等车，突然就下起了大雪。因为附近没有房子可以进去躲避一下鹅毛般的大雪，我只好慌不择路地走进了不远处的一栋冰雕房子里。说是房子，其实只有中间的一条拱门可以站人，其他地方都没有可以站人的空间。我站在拱门下，在零下四十摄氏度的冰雕房子里躲雪，大概也只有哈尔滨才会存在的景象。

我用嘴哈着双手，马路上过往的车辆都塞满了人。

“请问，你可以站进去一点吗？”我的右侧，有人在和我说话，非常熟悉的声音。我整个人，突然有种遇见了自己的前世今生的恍惚。

我转过身看过去，一个穿着黑色大衣的男人，右手提着一大包婴儿用品，正在低头拍自己身上的雪……他就站在离我不到一米的地方，他背对着我站在冰檐下，不时抬起头朝着外面街面上挥手叫车。

他的脖子上围着一条宝石蓝的旧旧的围巾。我瞬间就呆住了。然后就听见有车在冰屋前面停了下来，他大步走上车，远远地离去了……

我在街边站了很久，鹅毛大雪很快就透过衣服浸入到我的身体里，我瞬间就被冻得麻木了，只有我的眼泪还有温度，顺着我冰凉的脸颊无声地滑落下来……

尾声

我就这样在哈市浑浑噩噩地生活了两年多。就在林景泰生气地挂掉电话的第二天，我酒醒的时候他就带着他的夫人来到了哈市。据说他的夫人对哈市的雪景和冰雕仰慕已久。

“你们真幸福。”我们在中央大街踩雪的时候，我由衷地对林景泰说。

“是啊，我们结婚二十几年了。虽然之前也有过一些很大的误会，但还是坚持在一起了。”林景泰满足地说道。

“挺好的，令人羡慕。”我微笑着说，

“你呢？还是一个人过？”林景泰问道。

“你说呢？”我反问他，不想再继续这个话题，因为清冷的空气让我有点窒息。

“挺冷的，我们得找个地方暖和暖和。喝杯咖啡怎么样？”林景泰提议道，他大概看到他夫人的鼻子已经冻得通红了。

“行，确实挺冷的。往前走走找个地方吧，我对这儿还真不熟。”我抱歉地说道。

这两年，我很少来到离我们小区很近的中央大街，偶尔路过，也是低着头钻进小店里买几件衣服就离开了。

“这一带我熟，再走几步，有家咖啡馆不错。”林景泰说。

我们穿过了几条纵横交错的街道，经过了很多家冒着暖气的店铺，林景泰都没有停下来的意思。直到走到和我住的小区所在的那条道交错的一条繁华的道路上，林景泰才放慢了脚步。说实话，连这条路叫什么我都不太清楚。从中央大街走过来也就十几分钟，但因为天冷，走得我摸着胸口气喘吁吁的。

“抬头看看，到了！瞧你这身体，两年没运动了吧。”林景泰取笑我。

我抬起头，朝着我的正前方看去。

“茉莉咖啡馆”的招牌映入眼帘。

“茉莉咖啡馆？真巧，以前 C 城也有那么一家。”我看着林景泰，难以置信地自言自语道。

“和 C 城那家很相似，开得很有品位。只是茉莉在北方的冬天很难存活，所以篱笆旁边没看见茉莉。”林景泰若有所思地回答。

“进去吧，看样子得下雪了。”林景泰说。

我看了看天空，仿佛没有要下雪的迹象。但他还是用他的手替他的夫人遮挡着若有若无的雪花，我就这样跟着他和他的夫人走进了茉莉咖啡馆。

这个茉莉咖啡馆也是上下两层，里面的陈设有似曾相识的味道。也许每个城市的咖啡馆都是大同小异，都布置得浪漫幽静。

我们径直上了二楼。楼梯是新木板制成的，有些陡峭。林景泰的夫人居然对这样短的楼梯也恐高，林景泰只好尝试着抱她上去。

撒娇是女人的天性，我羡慕地跟在他们身后。

这是一条与 C 城茉莉咖啡馆极其相似的长廊，我疑惑着走进了长廊，心跳开始急剧加快。因为我看见长廊的左、右两侧挂着一幅装裱得很精致的油画，油画上是二十二岁的我，抱着一束茉莉，忧伤不惑的表情。

就是这一张，挂在青慈别墅里的这一张，简亦平给我画的唯一一张油画。

现在，它挂在哈市的咖啡馆里已经一年多，我居然浑然不知。

我在长廊的尽头泪流满面，直到被一个温暖的怀抱紧紧抱住。我熟悉这个怀抱，因为我所有的幸福，都与它有关。

直到现在我才知道，原来简亦平在我离开 C 城后的春末也来到了哈市。他和他的茉莉咖啡馆一直安静地坐落在离我所住的小区只有五百米不到的地方，在两条街道的交叉口处。为此，他每一年都花费一大半的时间，待在这个所谓的东方小巴黎的城市里。因为他说他相信，总有一天，我会披着一身雪花经过这里，在这里喝杯他亲自泡的咖啡，然后再转身离开。或者，在这里找到旧时光的痕迹；又或者，在旧时光的痕迹里找到他。他不敢来找我，他怕他的冒失会让我再一次逃离。

事实上，是林景泰的恻隐之心让我们的重见提前了不知道多少年。我也是到现在才知道，林景泰是简亦平的好朋友，他们在巴黎就认识。这两年，我的踪迹，始终没有离开过简亦平的视线。

再来说说米粒吧——我曾经的敌人、后来的好姐妹，她在C城的布艺店生意非常好，这是最令她开心的事情。当然，最令我开心的是，她的身体已经完全康复了。

不得不提的还有耀扬，这个我少女时代里最美的风景，我一直都无法证实我那天在冰屋里见到他的事情究竟是否真实发生过，或者仅仅只是我恍惚之间的想象而已。

再到后来的后来，我又隐约听人说他在哈工大教书，只是我想，我们也许再也遇不到了……

（完）

听说爱情会回来

享讀者

WONDERLAND